姚富山快板藝術

姚富山 著

中央编译出版社
Central Compilation & Translation Press

图书在版编目（CIP）数据

姚富山快板艺术 / 姚富山著. —北京：中央编译出版社，2022.7

ISBN 978-7-5117-4120-2

Ⅰ. ①姚… Ⅱ. ①姚… Ⅲ. ①快板（曲艺）-作品集-中国-当代 Ⅳ. ①I239.6

中国版本图书馆 CIP 数据核字（2022）第 002647 号

姚富山快板艺术

责任编辑	杜永明
责任印制	刘　慧
出版发行	中央编译出版社
地　　址	北京市海淀区北四环西路 69 号（100080）
电　　话	（010）55627391（总编室）　　（010）55627313（编辑室）
	（010）55627320（发行部）　　（010）55627377（新技术部）
经　　销	全国新华书店
印　　刷	北京汇林印务有限公司
开　　本	710 毫米 ×1000 毫米　1/16
字　　数	255 千字
印　　张	22
版　　次	2022 年 7 月第 1 版
印　　次	2022 年 7 月第 1 次印刷
定　　价	88.00 元

新浪微博：@中央编译出版社　　　微　信：中央编译出版社(ID: cctphome)
淘宝店铺：中央编译出版社直销店(http://shop108367160.taobao.com)　（010）55627331

本社常年法律顾问：北京市吴栾赵阎律师事务所律师　闫军　梁勤
凡有印装质量问题，本社负责调换，电话：(010) 55626985

问道

- 与著名北京琴书表演艺术家关学曾先生（右一）在一起

- 与著名相声表演艺术家李文华先生（左一）在一起

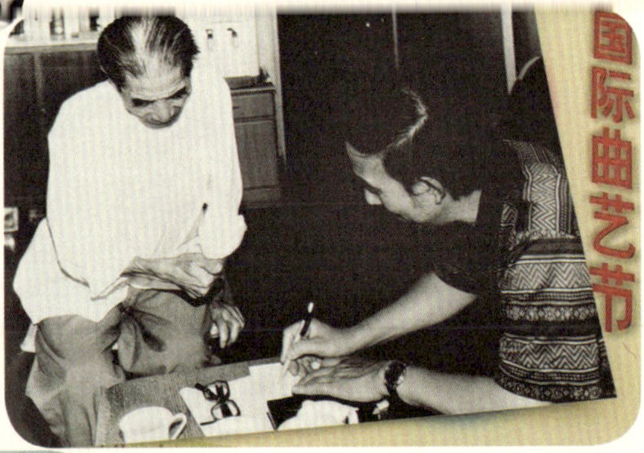

- 与著名相声表演艺术家陈涌泉先生（左一）在一起

- 与战友艺兵老师（中）和她女儿许戈辉（右一）在一起

志同道合

■ 右一：老搭档、著名相声表演艺术家丁广泉

■ 左一：著名相声表演艺术家、全国相声"十大笑星"郝爱民

■ 右一：著名快板书表演艺术家梁厚民

舞　台

■ 我从这里走来

■ 我向这里走去：东西合璧

传 承

■ 前排右三、右四：师父陈涌泉夫妇　　　　　　■ 我和我的徒弟们

■ 左一：德国徒弟柏仁睿　■ 右一：最早的徒弟铁良　■ 左一：前南斯拉夫学生卡尔罗

■ 左一：最小的徒弟郑庆扬　■ 左一：英国徒弟大牛　■ 左一：日本徒弟小松洋大

切 磋

■ 右一：学生何宝宽

■ 右一：英国徒弟大牛

■ 右一：瑞士徒弟李牧

传 播

■ 在加拿大孔子学院

■ 在夏威夷大学孔子学院

我们一家人

洋教头
曲艺大师

《曲艺》杂志载文

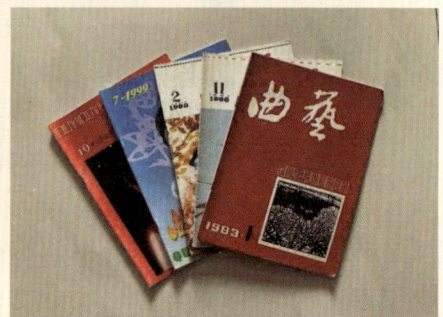

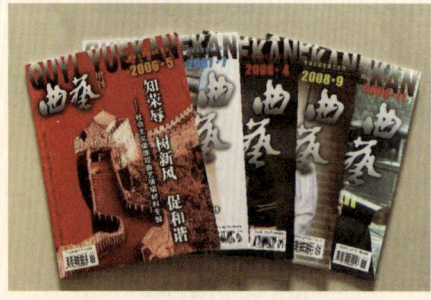

⑧

前　言

　　我的徒弟姚富山，他是个事业心很强、肯钻研、勤奋好学又有独到见解的人。在我们40多年的交往中，由于性格相仿、脾气相投，所以很谈的来，见了面总有说不完的话题，对曲艺更有共同的认知，那就是：曲艺一定要跟上时代步伐。怎么跟？必须进行大胆的创新和改革，但一定要建立在尊重传统的基础之上，且为观众所接收和喜爱。

　　他16岁就到了中国人民解放军原国防科委春雷文工团，与战友、搭档、相声演员丁广泉一起演出。一次，团里抽调了一支由七个人组成的乌兰牧骑演出小分队，其中就有他，在艰苦的原子弹试验场区为战士们表演快板、相声、天津快板、表演唱等节目。整台节目，几乎他都在台上，演出受到了战士们的热烈欢迎。通过下基层演出，不仅使他的基本功更加扎实，也使他的思想得到净化。在他的身上，总能感到有一种当兵的气质和不怕吃苦的精神。高调做事，低调做人，是他人生的信条，这在他的创作过程中也能体现出来。

　　他汲取了高（凤山）、王（凤山）、李（润杰）三派快板之长，不断地去实践、去体验，不断总结、发展、丰满自己。他虚心向快板书表演艺术家梁厚民学习，两人还一起创作、表演了不少对口快板，如《内当家》《无数美景在北京》《幸福花开》《科技花开》《金鱼池畔三辈情》《祸根》等节目，有的节目还参加了中国第二届曲艺节演出，被中央电视台、北京电视台录播后，均受到好评，在社会上产生了一定的影响。

他不但能演而且还坚持创作。他所演的作品大部分都是自己创作的，书中很多作品均在《曲艺》杂志上发表，仅此即可看出他创作的水平。作品中反映了不同时期的印记，以及作者对未来生活的憧憬，只有自身具有一定的文化底蕴和敏锐的观察力，才能写出这么高格调、接地气、暖人心的作品。他的作品有的可以一带而过，有的则需要静心思考方可品出作者深刻的用意和内涵。他抨击的社会不良现象，都是善意的批评，既通俗易懂，又不失文雅风范，结合得很巧妙，可称为上乘之作。我看过作品后就有这种感觉，相信看过此书的人也会有同感。

他还是个开明、重教的人。多年来，他不仅教了不少中国学生和徒弟，也有许多外国人找他学快板，他都无保留地把自己多年的经验和技巧传授给他们。为了能让这些外国徒弟尽快学会，他善于观察外国人的特点和每个人不同的身份，为其量身定制相应的教学方法，演出后均收到很好的效果。如英国徒弟大牛表演的《我要出名》、德国徒弟柏仁睿表演的《我拿下来了》、瑞士徒弟李牧演唱的《健身欢歌》以及加拿大学生安仁良表演的《花唱绕口令》等节目，演出的效果都不错。

他不辞劳苦，默默地传播着中国快板，为让快板艺术走向世界作出了不小的贡献。他的曲艺作品能够出版我真为此高兴，这是他几十年辛勤耕耘的结果，更是曲艺界的一件好事。我写此文对他表示祝贺，并希望他再接再厉，为曲艺事业的发展作出更大的贡献！

陈涌泉

2021 年年中

序

20世纪七八十年代，作为中央人民广播电台的曲艺编辑，我日常的工作任务是：选择优秀合格的曲艺节目在台里录制播出。记得我曾选录一段数来宝《好大哥》，段子的内容是反映首都城区人民关心边远山区来京人员的。它取材于《北京日报》的一篇报道，题目叫《寻找不知名的好姐姐》。数来宝的演员兼作者姚富山为便于表演，把好姐姐变成好大哥。录音那天，姚富山和他的搭档老早就来到录音室，他们儒雅清爽、精神饱满、全力以赴、精益求精，给我留下了深刻的印象。

从这之后，我开始关注姚富山。我发现，他这个人热情、直爽且谦虚，能虚心听取别人的意见修改自己的作品，不断提高自己的技艺。一些业务上的同行对他印象不错，愿意同他合作。我曾在电视上看到他与快板书表演艺术家梁厚民合作表演的数来宝《内当家》《祸根》、对口快板《金鱼池畔三辈情》《科技花开》等。快板书名家梁厚民能够站在姚富山旁边一起演唱，俗称"挎刀"，足见梁厚民对他的欣赏与器重，这在曲艺界也可以称作一段佳话、一段美谈。

我接触的快板演员中，大都是有门有派的，不是李润杰便是高凤山、王凤山的弟子、学生。姚富山没有拜门。他选择快板实在是出自对它的酷爱，一方面，他顽强自学；另一方面，谁有艺向谁讨，哪儿有师傅就往哪里跑。用时髦一点的话说就是：采百家粉，酿独家蜜。他就是这样成才的。1964年他凭着一套花板和小段《油灯碗》考上了中国人民解放军原国防科委春雷文工团。当时正值全军第三届文艺会演，当他看到沈阳军区朱光斗、范延东的数来宝《学雷锋》和于连仲的相声《当兵》后，感到这两个节目格调清新、热情真挚，暗下决心，今后要向他们那样去创作、去表演。

参加文工团的当年，姚富山有幸在现场观看了我国第一颗原子弹爆炸的情景，并进行庆功演出，还参加了小分队赴基层的演出。演出全是露天，战士们穿着皮大衣、坐在马扎上，他和丁广泉（相声名家）穿着单层军装唱快板、说相声，手冻僵了，嘴不听使唤，但他们坚持唱完说完，受到战士们的热烈欢迎。戈壁滩的艰苦环境淬炼了他的意志，使他牢固树立了"为兵服务"的思想，更为他革命人生观的形成打下了基础。由于基地是严格保密单位，不能对外宣传，知道他们的人很少，但他们默默发出光和热，无怨无悔地奉献了自己的青春年华。正因为如此，姚富山养成了做人低调、踏实肯干、儒雅洒脱的性格，还有一种勇于吃苦、敢于拼搏、不服输的精神。

姚富山常说的一句话是："一个演员要想有所作为，必须要有自己的东西（作品），这样才能展翅高飞、立于不败之地。"他是这样说的，更是这样做的。多年的舞台实践和创作经历，使他认识到创作本身是项艰苦的劳动。有时为一句词，要反复琢磨，有时写不出词，他就骑上自行车走出家门，呼吸一下外边的新鲜空气。骑着骑着，词出来了。这种骑车外出焕发灵感的方式，是姚富山创作的一大特点。他的第一篇作品，就是在20世纪70年代初骑着自行车写出来的。当时曲艺不景气，能唱的作品很少，可巧他的西藏军区文工团的好友给他讲了个中印边界反击战的事儿，萌发了他的写作念头，再根据当时美国侵略柬埔寨的事件，他大胆地写出了自己的处女作《夜袭美军飞机场》并由自己来演唱，演出效果相当好，由此激发了他的创作热情。当他创作陷入困境之际，是《曲艺》杂志开阔了他的视野、提高了他的鉴赏力。他经常跟我说，《曲艺》杂志是他的良师益友，帮他开辟了创作的新思路。经过不断地学习、充电，后来他在《曲艺》杂志上发表了20多篇作品，他非常感谢这个平台给了他展示才华的机会，更感谢杂志时任编辑部主任郭鸿玉和李玉两位同志的热心支持和帮助。

说到姚富山的作品，正如《生活时报》采访时他说的："每个节目都要有亮点。"所谓亮点，其实就是出新、创新。比如，数来宝《祸根》《幸福花开》用开门柳，这在相声中常用，数来宝就很少，而他在这里用得紧扣主题、十分贴切。又如，快板《人间彩虹》中几句诗一般描述的语言，美轮美奂，人们听了，有一种犹如凌空俯视地球的感觉："美丽的桥，横跨山川架云海，连接陆地越波涛，犹如彩练当空挂，恰似那人间长虹万千条。"一段快板中涌现出诗一般的句子，并运用诗的取势、比兴等手法来渲染桥、描叙桥，给节目增色不少，这是十足的创新。

他经常深入生活、观察生活，生活是他创作的源泉。快板《健身欢歌》是他到公园参加踢毽，跟别人学习太极拳、推手，用绕口令形式创作出来的全民健身的节目，演出后很受欢迎。冠状病毒疫情到来时，他又写了数来宝《我的忏悔》，说的是，个别人为了一己私利不惜隐瞒疫情、害人害己这样讽刺型的段子。

姚富山创作的题材很广泛，既有歌颂型的，又有讽刺型的，当然还有知识型的。歌颂型段子，写得热情洋溢，充满激情；讽刺型段子，对讽刺对象不是谩骂式的蒙头盖脸一通丑化一通批判，而是充满善意，循循善诱地讲道理、论危害，做到以理服人。姚富山演这些段子时，观众乐于接受。这就说明，这样的作品能立得住、有生命力。书中收的《我爱北京》《我拿下来了》《我要出名》《我有名了》《我算行了》《我是什么人》等都是耐人寻味的作品。因为演出需要，作品也在不断修改，比如，为了迎接中国举办的2022年冬奥会，他在此前创作的快板《健身欢歌》中又增添了一段老姐俩学滑雪的内容，饶有情趣。这说明，段子，在他手里总是"一遍拆洗一遍新"。

我国是一个盛产奇石的国家，为了展示我国的奇石文化，他和学生中国观赏石协会副会长、北京观赏石协会会长何宝宽先生共同创作了一篇反映石头内容的数来宝《石情话意》，他俩正在排练，准备以后在观赏石总结会、联谊会上表演。

姚富山作为一个成熟且有影响的快板、相声"两门抱"的演员，还充当文化使者，教了不少中国和外国留学生。前些年曾和京城洋教头丁广泉一起，在北京语言大学、北京化工大学、北京对外经济贸易大学《快乐课堂》上授课，传播中国优秀传统文化。2018年他收了8个中国徒弟，4个外国徒弟入室。姚富山的相声门师父、他们的师爷、著名相声表演艺术家陈涌泉先生，向这些徒弟们赠书并鼓励他们好好学艺。

这次，姚富山将他多年创作的30多段快板整理好要出书，让我作序。我非常荣幸，也欣然接受，以此祝贺他的专集出版。

陈连升

2021年于北京

目 录 Contents

前　言 ……………………………………………… 陈涌泉　1

序 ………………………………………………… 陈连升　1

夜袭机场（快板书）………………………………………… 1

起　名（快板小段）………………………………………… 13

幸福花开（数来宝）………………………………………… 16

我怎么了（快板快书联唱）………………………………… 25

田家洼的笑声（快板书）…………………………………… 35

金鱼池畔三辈儿情（对口快板）…………………………… 45

科技花开（对口快板）……………………………………… 55

人间彩虹（对口快板）……………………………………… 61

好大哥（数来宝）…………………………………………… 70

真　情（快板书）…………………………………………… 83

内当家（数来宝）…………………………………………… 91

情系机场连万家（群口快板）……………………………… 99

谁的贡献大（群口快板）	107
比　车（快板小段）	114
童　年（快板）	117
童　心（对口快板）	126
别和我学（对口快板）	134
何许人也（快板）	142
祸　根（数来宝）	150
我拿下来（数来宝）	161
我要出名（数来宝）	171
我要出名（数来宝）	182
民俗奇观多风采（对口快板）	189
无数美景在北京（群口快板）	196
校园趣事（快板）	203
竹板新曲（对口快板）	213
非洲情（快板书）	222
健身欢歌（对口快板）	231
石情话意（对口快板）	242
我爱北京（快板）	252
我的忏悔（数来宝）	262
阚泽斗曹操（快板书）	273
我算行了（数来宝）	280
我有名了（数来宝）	292

附录：

我的良师益友
　　——贺快板表演艺术家梁厚民从艺60周年 …………… 300
快乐人生 ……………………………………………………… 305
跳出快板演唱的误区 ………………………………………… 310
清茶一杯，笑看浮生名利　竹板两片，参透人间平常心
　　——快板表演艺术家姚富山访谈 …………… 张　菁 313
大岛的一天 …………………………………………………… 320
谈谈我身边这一群说唱快板的外国人 ……………………… 323

后　记 ………………………………………………………… 329

夜袭机场（快板书）

云南滇西好风光，
四季如春百花香。
可恨那日本侵略军，
1942年铁蹄践踏了这个地方。
腐烂的落叶发霉臭，
橡胶树砍倒地上躺。
行人不能由此过，
空中鸟雀也不飞翔。
无辜的百姓被赶走，
竹林房屋全烧光。
从前这地方风景美，
如今是日军飞机场。
他们挖壕沟，筑高墙，
拉起了层层铁丝网。
上边全都通上电，
使用的电压特别强。

听说有六只野猴触电死，
前天还电死了仨大象。
探照灯不停四下扫，
亮如白昼刺眼光。
机场内，停着飞机几十架，
汽油桶，弹药箱，
横七竖八堆一旁。
现已是深夜两点半了，
还有飞机在起降。
指挥塔灯光闪闪亮，
发报机"滴嗒"紧着响。
这时候在正南的滇缅公路上，
开来了四辆小轿车，
漆黑的颜色无声响。
车前插着日本旗，
就在车头右前方。
静悄悄，没开灯，
就好像擦着地皮往前闯。
在头辆车上坐着一个人，
三十多岁方脸庞。
身穿日本军官装，
中校军衔肩上扛。
看上去机智又老练，
日语说得很漂亮。
他就是我地下党打入国民党军内的张连长，

名字就叫张志刚。
其余的全穿日军服，
胸前横挎冲锋枪。
钢盔就在头上戴，
短枪匕首身上藏。
张连长轻轻伸出右手在车外，
四辆车静静停在一棵榕树旁。
十英雄跳下汽车围过来，
张连长压低声音把话讲：
"弟兄们，日军侵我国十分凶恶，
狂轰滥炸把人伤。
飞机全由这起的飞，
今天的任务就是炸毁这机场。
定时炸药已安好，
装在后两辆车的底盘上。
时间定在四点钟，
两车炸药同时响。
小洪你带领六个人，
炸药库任务你们担当。
小齐、老李和秀武，
随我一起去机房。
根据内线的可靠情报，
今夜有个日本军事顾问从此过，
临时要降落这个机场。
时间定在三点半，

四点准时就启航。
我们把他要智擒,
不到万不得已不开枪。
三点五十必须撤出飞机场,
集合地点在95高地上。
出发!"
"是!"
十英雄急速上了车,
紧接马达"隆隆"响。
霎时间车灯全开亮,
汽车灯光照前方。
四辆车开得特别快,
转眼间来到机场头道岗。
有七八个伪军路上站,
贼头贼脑提拉着枪。
见对面汽车开得快,
吓得急忙把路让。
四辆车"嗖"的一声冲过去,
眨眼间就看不见后尾光了。
那几个伪军直发愣,
其中有个小个子开了腔:
"哎!大个子,这是由哪来的车,
怎么到这不停净敢闯?"
"我说你个小眼也小哇,
这是日军司令部的车,谁敢挡啊。"

旁边那个忙说:"对!对!对!谁要挡,
不禁闭也挨两巴掌。"
四辆车急速往前行,
二道岗就在正前方。
有三十多日本兵横排站,
横眉竖目端着枪。
见对面汽车开过来,
紧拉枪栓弹上膛。
"站住!"
四辆车来个急刹车,
"忽啦啦",冲过来日本鬼子一大帮。
他们"依哩哇啦"不住嚷,
把汽车围在正中央。
这时候走过一个日本官,
看军衔也就是连长。
这小子长得别提多难看,
下身短粗上身长。
小眼睛,塌鼻梁,
枣核脑袋大腮帮。
伸长脖子朝前探,
长得活脱像个刀螂。
他眨眨眼皮看看车,
脖子一梗嘴一张:
"哎!所有人员全下车,
上级有令查车厢。"

张连长坐在车内说了话：
"我们是司令部的车，
有要事要进飞机场。"
"哎！不管你们是哪的车，
一律检查没商量。"
张连长下车一瞪眼，
胳膊一举手一扬。
这小子睁眼还没看清呢，
"啪"！迎头就挨了一巴掌。
"混蛋（巴嘎），
你小子狗胆真不小，
敢把司令部的汽车挡！"
这小子挨打心不服，
强带微笑把脸扬。
"长官您打我我不恼，
可有件事我得对您讲。
今晚有重要人物到，
特派兄弟到这岗。
所有车到这都要查，
我可不敢违抗命令和规章。"
"你小子眼睛长在哪儿啦？
真是糊涂太混账。
我们就为这事来的，
你没看见顾问的同学坐车上。"
这小子一听猛一愣，

冲着轿车直打量。
隔着纱帘什么也看不清，
心里想是不是成心把我诓。
看派头真像有急事，
给误了我这个连长甭想当啦。
马上放汽车开进去，
不行出事我责任更难搪。
这车是放行还是不放，
左右为难头直晃。
这时候远处传来飞机响，
张连长用手一指西北方，
大声冲他直嚷嚷：
"顾问飞机马上就要到机场，
误了事这个责任你能当吗？"
这小子这下可害怕了，
浑身哆嗦似筛糠。
"长官您可别生气，
是小人冒犯把您挡，
快，快，快，往里请。"
您看他鞠躬行礼一劲儿地忙。
其他的日军更害怕，
立刻闪开躲一旁。
四辆车风驰电掣冲过去，
飞快地进入飞机场。
小洪他们两辆车直奔弹药库，

张连长的两辆车开到指挥塔的通道上。

三英雄急忙下车速度快,

干掉了机房守卫岗。

死尸扔进后备厢,

小齐持枪站门旁。

张连长、老李闪身进了屋,

见两个日本兵正集中精力发报忙。

他俩弯腰摸过去,

"扑"!尖刀扎进后脊梁。

"嗞妞!"就听里屋门一响,

有个日军中校从里屋慢慢走出房。

这军官一见有情况,

撤步抽身要掏枪。

张连长一个箭步冲上去,

匕首顶住他的前胸膛。

"别动!"

"啊!你们是哪部分?"

"我们是中国国民革命军,

不许乱动别嚷嚷。"

这中校不说心里想:

"国军怎么从天降,

不声不响进了机房?"

突然间就听报话机筒响:

"'吉U''吉U'请注意,

飞机快到你上方。

地面立刻安排好,
太一郎飞机请求降落到机场。
请回复,地面是否很正常?"
张连长闻听不怠慢,
抄起话筒大声讲:
"顾问先生请放心,
机场安全很正常。
一切全都准备好,
恭候您降落到机场。"
张连长正在把话讲,
旁边那个中校心里想:
"哎哟!太一郎顾问可别降,
这里情况很紧张。
您要不信就试试,
谁要下来谁遭殃啊!"
想到这他刚要喊,
老李用毛巾把他嘴堵上。
倒剪双臂捆绑好,
顺手把他扔一旁。
张连长、老李转身冲出机房外,
开车去接太一郎。
这时候飞机正降落,
发动机"隆隆"震天响。
飞机转到停机坪,
机舱门一开冲下卫兵一大帮。

紧接着挤出个大胖子，
活像个头号咸菜缸。
张连长迎面走上前，
招手就把笑脸扬：
"顾问先生辛苦啦，
欢迎光临到机场。
车辆已经安排好，
请您赶快把车上。"
太一郎听罢点点头，
快步来到轿车旁：
"嗯，机房中校怎没到，
莫非有要事还在忙？
我俩是多年老同学，
我得把他去探望。"
说完话就往机房走，
身后卫兵紧跟上。
张连长向老李使眼色，
老李站在他左后方。
不多时来到指挥塔，
张连长紧随太一郎进机房。
卫兵们也要往里进，
老李伸手把门挡：
"机房要地请勿进，
快到这屋去乘凉。
冷饮都已准备好，

有咖啡、牛奶、可可糖。"
卫兵们一听可高兴啦，
吵吵嚷嚷挤进房。
老李随手关上门，
小齐又把门锁上。
他俩转身就把机房进，
一进屋见太一郎，
被大衣裹了个紧绑绑。
下巴已经被摘掉，
双手全都被捆上。
张连长一看他俩到，
冲着他们把手扬：
"快把他架到屋外装汽车，
动作迅速要快当。"
太一郎赖着不想走，
身一歪正碰警铃上。
警铃一响不要紧，
四面卫兵跑慌忙。
老李、小齐架着太一郎往外走，
被跑过来的卫兵给堵上。
这小子一见卫兵到，
想说话很难把嘴张。
张了半天说不出话，
急得他一劲直挣绑。
摇晃身子动肩膀，

脑袋不停乱拨浪。
张连长快步冲上前,
手拦卫兵大声嚷:
"快闪开,顾问正犯羊角疯呢,
浑身哆嗦手冰凉。
刚才差点背过气,
我们马上送他入病房。
屋里的中校一着急犯了血压高,
警铃响就为这一桩。
你们赶快进屋看看去吧,
救晚了可就活不长啦!"
卫兵们一听不怠慢,
急急忙忙往屋里闯。
四英雄架起太一郎上了汽车,
飞快冲出飞机场。
到了集合点一点名,
十英雄站在山坡上。
张连长看手表整四点,
猛听得爆炸震天响。
火光冲天耀人眼,
映红了英雄胜利的脸庞。
这就是抗日英雄夜袭飞机场,
机智勇敢美名扬!

创作于 1971 年,处女作

起 名（快板小段）

西山坡下有个山村儿，
山根里住着一户人儿。
屋里坐着人三口儿，
甄大爷、甄大妈还有儿子甄立军。
桌上摆满了好酒和好菜，
只因为儿子刚从医院回来带喜信儿，说儿媳妇平平安安、顺顺当当，
生下个白白净净、端端正正、眉清目秀、特别漂亮的胖孙女儿，
不大不小整八斤儿。
甄大妈乐得合不上嘴儿，
甄大爷高兴地翘起小胡子。
"老伴啊，生个孙女顺咱心儿，
你快给她起个好名字。"
甄大妈说："老头子，
今年咱家苹果长得好，

咬上一口甜滋滋儿。

苹果榨汁味鲜美,

干脆咱孙女儿叫'果珍'吧。"

甄大爷说:"啊!叫'果汁'还不如叫'可乐'呢?!"

甄大妈说:"好,好,好!叫'可乐'也对我心思儿。"

甄大爷说:"老伴,算了吧!

你在旁边歇一会儿,

听我给咱孙女儿起好名。

今年咱家净喜事儿,

喜上加喜多喜人儿。

小孙女儿带来喜庆劲儿,

依我说名字叫'喜儿'。"

甄大妈听完直撇嘴:"哟!叫'喜儿'不如叫'大春儿'啊。"

甄大爷心里不服气:"叫'喜儿'也比你'果珍'强几分!"

老两口还要来争辩,

儿子立军搭话音儿:

"爸妈你俩名字起得都不理想,

全没表达出咱们家的高兴劲儿。

如今咱大山脱贫变化大,

家家搬进新房子儿。

那真是:

党的政策暖人心儿

干起活来好舒心儿,

好事连连可开心儿，
心里高兴多欢心儿，
小日子过得真顺心儿。
可巧咱家又姓甄，
这名就叫'甄顺心'儿吧！"
老俩口都说："这名好，'甄顺心'，
这名起得够意思儿！"
全家人举杯放声笑，
笑声回荡在山村儿。

原载《曲艺》1999年第7期

（此稿于2021年修订）

幸福花开（数来宝）

乙：走上台，真高兴，
　　我俩唱段幸福颂。
甲：（唱）我的煤矿特别美，
　　姑娘都把矿工追。
　　书记、矿长来介绍，
　　求婚的姑娘七八位。
　　姑娘们全都说我好，
　　我看她们人也美呀，心也美，
　　这个美呀，那个美呀，
　　全美呀……我选谁？
乙：小同志，你先别唱，
　　有那么多姑娘和你搞对象吗？
甲：（白）有哇！
乙：那姑娘肯定好不了，
　　不是歪瓜就裂枣。

要和你结婚也不错,

　　　纯粹是瘸驴配破磨。

甲:哎!老同志,我真没法把您夸,

　　这话说得损到家啦。

　　咱也别争也别吵,

　　您看我对象好不好。

乙:(白)那咱们就看看。

甲:那姑娘和我一般高。

乙:不用问,准是水蛇腰。

甲:不对,模样漂亮没得挑,

　　大眼睛,双眼皮儿。

乙:柿饼子脸蛋儿秃脑门儿。

甲:什么呀!

　　水汪汪两眼真爱人儿,

　　体型丰满线条美。

乙:就是下边缺条腿。

甲:你再说,我可急了,

　　变方让我找残疾。

　　有你这么说话的吗?

乙:小同志,你先别烦,

　　自古来矿工找对象特别难。

甲:现在的矿工身价大提高,

　　漂亮的姑娘随便挑。

乙:(白)真的?

甲:啊!我那个对象就够派,

穿着打扮透着帅。
　　披肩发，健美裤，
　　亭亭玉立有风度。
　　为表达我对她的一片心，
　　我给她买对耳环整八斤。

乙：你可真是瞎胡说，
　　也不怕把姑娘的耳朵给坠豁。

甲：不！刚才一高兴给说错，
　　不是八斤是八克。

乙：（白）这还差不多。

甲：姑娘爱把矿工找，
　　现在哪儿也比不了。
　　那真是姑娘多、人品好，
　　她们争着和我搞。
　　要不是违反婚姻法，
　　漂亮的姑娘我能找俩。

乙：行啦，你一说，我一听，
　　你这纯粹把我蒙。
　　过去我也在煤矿，
　　跟你说的完全不一样。

甲：（白）您那时候什么样？

乙：两矿工找一个对象都很难，
　　就因为井下不安全。
　　现如今我年近半百打光棍儿，
　　最怕提那段伤心事儿。

甲：（白）怎么啦？

乙：想当年，我和你岁数一般大，

奋战煤海在井下。

全矿数我有点傻福气，

有个姑娘和我要登记。

甲：（白）那不挺好！

乙：我俩搞了整两年，

热恋的日子比蜜甜。

谁知道她妈说什么也不干，

硬把我俩给拆散。

甲：（白）为什么呀？

乙：她妈说："她爹就是个煤矿工（唐山话），

结婚三天他就丧了生。

就因为井下不安全，

我守寡整整二十年。

我姑娘要跟了你就害了她，

那也就坑了我们全家。

纯粹是烟卷儿插在祖坟尖儿，

你是八辈子缺德带冒烟儿。"

甲：（白）怎么这么说话？！

乙：我听完这话一跺脚，

下决心，这辈子不把对象搞。

离开煤矿调单位，

姑娘送我恋恋不舍留热泪。

甲：（白）感情还挺深的……

乙：（唱）"送君送到大路旁，
　　　君的深情永不忘……"

甲：我越听您唱越纳闷儿，
　　您说的这是哪年的事儿？

乙：具体哪年说不清，
　　反正那会儿你还没出生。

甲：嗨！您说的那些早不见啦，
　　现如今矿山大改变。
　　过去井下支撑用圆木，
　　现在是钢铁支架更牢固。
　　钢铁支架用液压，
　　地壳再重也压不塌。
　　液压支架宽又长，
　　铸成了钢铁大长廊。
　　液压支架坚如钢，
　　就像大个保险箱。
　　综合采煤威力大，
　　矿山实现了机械化。
　　你看那割煤机在转动，
　　电动溜子在滑动，
　　掌子面在颤动，
　　乌金墨玉在流动，
　　皮带轮子在滚动，
　　转载运输一起动，
　　煤仓漏斗在翻动，

矿车穿梭在开动，

昼夜不停出山洞，

煤山炭海拉得动。

这个动，那个动，

您听完感动不感动？

乙：（白）我感动！

甲：液压支架难操纵，

不会难道你敢动？

乙：（白）我不敢动。

甲：这激动的场面人称颂，

难道你一点不感动？

乙：（白）我感动。

甲：（白）你敢动？

乙：（白）我不敢动。

甲：（白）你不感动？

乙：（白）我感动，我……

甲：（白）你到底感动不感动哇？

乙：我是心里感动，外面不敢动，

外边不动心里动。

心感动，又不敢动，

不敢动，心感动，

外边不动里边动，

我是真感动又不敢动，

不敢动，又感动，

我也不知敢动不感动啦！

甲：（白）你全糊涂啦！
　　老同志，你别发愣，
　　不懂千万可别动。

乙：（白）怎么啦？

甲：磕坏了腿、碰破皮，
　　我怕您将来成残疾。

乙：（白）这叫怎么说话呢？

甲：刚才您说我瘸驴配破磨，
　　这次该我回你一个了。

乙：（白）他倒不吃亏呀！
　　井下安全我全懂，
　　用不着对我来提醒。
　　就是液压支架没看见，
　　心里觉得挺遗憾。

甲：别遗憾，把心放，
　　告诉你，安全绝对有保障。

乙：如今井下这么安全，
　　我真想再回矿山干几年。

甲：您这想法我赞成，
　　重返矿山太欢迎。
　　到那咱俩住一块，
　　有机会我再帮您找个老伴。

乙：我这么大岁数别费劲了，
　　干脆我就一人凑合混吧。

甲：您这人思想不对头，

跟不上时代新潮流。

　　　再说国家也提倡，

　　　鼓励老人搞对象。

乙：你这么一说我动了心，

　　　我还真想再成亲。

　　　要让我把对象找，

　　　还是过去那个姑娘好哇！

甲：过去那姑娘至今您不忘，

　　　她到底长得什么样？

乙：有个特点我记得清，

　　　小瘊子长在两道眉毛正当中。

　　　生日我还记得住，

　　　腊月三十她属兔。

甲：您说这个人是不是老家在山东，

　　　她爱吃烙饼卷大葱？

乙：（白）对！

甲：这个人，很风趣，爱唱琴书和吕剧？

乙：（白）对，对！

甲：我们在一块常聊天儿，

　　　她的小名叫枣花儿。

乙：（白）太对啦！

甲：您说这人还健在，

　　　生活美满挺愉快。

　　　今年已经四十八，

　　　乌黑的头发眼不花。

姑娘出嫁去唐山，
　　　有个儿子在身边。
　　　老伴病故已多年，
　　　就是这事有点烦。
　　　她有时坐那儿直愣神儿，
　　　常提起过去心上人儿。
　　　说起来，好伤心，
　　　看来对您感情深。
　　　背着人偷偷净流泪，
　　　　只可惜，不知您在什么单位？

乙：哎！你可别和我瞎胡说，
　　　你怎么了解这么多？

甲：我不是跟您开玩笑，
　　　我说的这些全可靠，
　　　要不信您现在就到我们家？

乙：（白）到你们家干什么呀？

甲：您要找那姑娘啊，
　　　不是别人是我妈！

乙：（白）啊？！

原载《曲艺》1997年第11期

（与梁厚民共同创作）

（2017年2月28日修订）

我怎么了（快板快书联唱）

乙：走上台，心花放，
　　打起板来咱俩唱。
甲：先别唱，听我谈，
　　见你这人心就烦。
乙：（白）我招你啦？
甲：听你说话这个怯味儿，
　　看你穿的这个土劲儿，
　　再看你手里这个玩意儿，
　　我和你演多丢份儿。
乙：（白）什么叫丢份儿？
甲："丢份儿"你都不知道，
　　一瞧你就是"老帽"。
乙：（白）我是老茂！太好啦。
　　老茂是演员真不错，
　　和陈佩斯小品我看过。
　　讽刺意义很深刻，

　　　　全村老小全都乐。

甲：（白）你是朱时茂那老茂呀？你是"土老帽"！

乙：（白）谁"土老帽"？

甲：土不土的先不谈，

　　你这样的也配当演员？

　　别这站着快下台，

　　见到你我气就不打一处来。

乙：你刚才说俺老半天了，

　　换别人我早就和他翻啦。

　　看你说话这个眼神儿，

　　是瞧不起我们外地人儿。

　　北京人有什么了不起，

　　外地人哪点不如你呀？

甲：比我们强，比我们棒，

　　你们外地人把北京祸害得真够呛。

　　只要天色一擦黑儿，

　　你们就像鬼子进了村儿。

　　马路上走，胡同里串，

　　平房里寻摸，楼房里转，

　　一会儿走，一会儿站，

　　一会儿快，一会儿慢，

　　一会儿隐，一会儿现，

　　一会儿东西就不见了。

乙：（白）偷东西呀？

甲：你这人说话不圆滑，

那不叫"偷"那叫"拿"。

乙：（白）拿啊？都拿什么？

甲：拿被子、拿鞋、拿手绢儿，

　　拿啤酒瓶子煤气罐儿，

　　拿雨篦子拿井盖儿，

　　害得政府安锁链儿。

　　锁链牢牢上边安，

　　可也锁不住你们雄心壮志冲云天。

乙：北京人说话真刻薄，

　　你说的这是李玉和。

甲：我们家深受其害就够呛，

　　自行车丢了好几辆。

　　那一天，我早晨上班没车骑，

　　你说着急不着急？

乙：（白）能不着急嘛！

甲：急得我，来回转，

　　对门小伙儿把我劝。

　　"大哥你心胸要宽广，

　　丢车要往开了想。

　　你没听过这句词儿，

　　不丢车不是北京人儿。

　　人家偷车还是穷，

　　对外地人咱可要宽容。

　　现在提倡人帮人，

　　丢车你自当去扶贫啦。"

乙：（白）有这么扶贫的吗？

甲：他一说，开了窍，
"扑哧"一声我又笑了。
丢了车，不心疼，
反正那车闸不灵。
只要这小子他一骑，
肯定撞死没问题。

乙：你的利益遭损害，
这样咒他也难怪。
我说话您可别在意，
偷车的不全是外地。
不管哪人犯了案，
该惩办的就惩办。

甲：你这话说得挺在理，
让我非常佩服你。
可一点我想不通，
外地人为什么全都上北京？

乙：因为北京是首都，
中心地位很突出。
经济发展速度快，
城市建设有气派。
机会多，见识广，
谁不想到北京闯一闯？
天安门广场站一站，
是我们多年的梦想和心愿。

北京人常年在这住，
肯定没有这个感触。

甲：（白）就是啊。

乙： 自从我们到了北京城，
北京人对我们很欢迎。
北京的工作千千万，
样样我们都爱干。
北京人楼房我们盖，
北京人吃菜我们卖，
北京人快递我们送，
北京人喝奶我们订，
北京人保姆我们当，
做北京人保安多荣光，
北京的大街我们扫，
北京的清洁我们搞。
如果我们全不干了，
北京马上就瘫痪了。
老百姓生活不方便，
城市就变成垃圾站。

甲： 说得好，我同意，
外地人没少为北京出了力。
你说的全都是事实，
别怪我这人说话直。
你们带着老婆和小孩儿，
到北京就来抢地盘儿？！

乙：（白）抢什么地盘儿啊？

甲：你们一来这么一抢，
　　害得我从公司下了岗。
　　过去公司还不错，
　　如今待着没工作。

乙：（白）什么公司？

甲：我们公司很常见，
　　就是废品收购站。

乙：（白）回收公司。

甲：如今倒闭关了门儿，
　　你们可倒来精神儿，
　　仨一伙，俩一群儿，
　　手里拿着汽水瓶儿，
　　脚下蹬个破三轮儿，
　　扯着你们大嗓门儿，
　　南腔北调挺烦人儿，
　　吆喝起来净好词儿，
　　嘻嘻哈哈还真哏儿，
　　收废品的全是外地人儿。

乙：（白）北京人不干呢。

甲：收废品的还真多，
　　弄辆货车那儿一搁。
　　百姓们一看很高兴，
　　破烂全都往那儿送。
　　给多少钱不较劲儿，

家里主要为腾地儿。
　　因为废品收的多，
　　每天满满都一车。
　　晚上拉走笑开颜，
　　转手一卖就赚钱。

乙：别看人挣钱你有气，
　　流动服务不容易。
　　风吹雨打你干不了，
　　趁早把别的工作搞。

甲：我这也选，那也挑，
　　全都说我条件高。

乙：(白) 都什么条件？

甲：反正是：
　　环境不好咱不干，
　　太苦太累不想干，
　　时间长了可不干，
　　离家远了也不干，
　　工资少了绝不干，
　　让人管着不能干，
　　管着别人咱想干，
　　可是人家不让干。
　　这不干，那不干，
　　最好什么都不干，
　　整天待着吃闲饭，
　　躺在床上把钱赚。

乙：这样工作不好找，

　　谁请你到那去养老？

甲：我不是和你开玩笑，

　　还真有单位把我要。

　　在家等通知好几天，

　　没想到有个外地人顶我上了班啦。

　　你说他安的什么心眼儿，

　　这不是诚心抢饭碗儿嘛。

乙：别生气，听我劝，

　　你不行就许别人干。

　　我看你活得都挺累，

　　死要面子活受罪。

　　你这人就这么懒，

　　我听说你地上有钱都不捡？

甲：那是绝对不可能，

　　谁见钱谁能不眼红？

　　那天抱狗去遛弯儿，

　　专走马路正中间儿。

　　突然眼前猛一亮，

　　把我晃得真够呛。

　　低头一看笑开颜，

　　地上有硬币一元钱。

　　当时我就停住步，

　　挺着腰板有风度。

　　左右两边看了看，

别人根本没发现。
假装系鞋带儿腰一弓，
动作熟练又轻松。
用手去拿还挺黏，
呵！那不是硬币是口痰呢！
心里恶心那叫烦，
是谁他妈的缺德还吐得这么圆呢?!

乙：(白)还骂上了。

甲：骂着骂着消了气儿，
越琢磨越觉不对劲儿。
自己慢慢醒过味儿，
当时明白了怎么回事儿：
那痰是我每天吐的地儿。

乙：(白)哦，你吐的呀！

甲：我自作自受是自找，
搬石头砸了自己脚。
随地吐痰成习惯，
给北京人抹黑丢脸面，
不讲文明没道德，
深感痛恨我自责。

乙：知道不对别再混，
改变生活要奋进。
我们有些外地人做买卖秤上做手脚，
在北京影响很不好。
北京老太太真叫冲，

买东西全都带着秤。
　　缺斤短两准揭穿，
　　北京老太太眼真尖。

甲：北京人离不开外地人儿。

乙：外地人也离不开北京人儿。

甲：北京人要宽容外地人儿。

乙：外地人也要体谅北京人儿。

甲：北京人儿、外地人儿，
　　到北京就是北京人儿。

乙：外地人儿、北京人儿，
　　人人争做文明人儿。

甲：文明人儿、热心人儿，
　　善待人儿、理解人儿，
　　团结得就像一家人儿。

乙：社会和谐有精神儿，
　　全靠我们每个人！

合：对，社会和谐有精神儿，
　　全靠我们每个人。

原载《曲艺》2006年增刊（5月）

田家洼的笑声（快板书）

计划生育春风刮，

春风吹到田家洼。

田家洼有位田大妈，

田大妈今年四十八。

（白）四十八应该叫"大嫂"，为什么管她叫"大妈"呀？

您可不知道：她满头白发脸上皱纹特别多，

看上去就像七十八，

所以都管她叫"大妈"。

只因为她连着生了仨闺女，

盼儿子二十八岁就满是白头发。

怨恨自己不会生男孩，

愁得她曾经一度想自杀。

如今她知道生男生女是由男的来决定，

好嘛，田大妈天天埋怨闺女她爸爸！

仨闺女现在都长大，

一个一个出了嫁。

田大妈盼儿子多年没盼到，
就指望能抱上个外孙子。（"子"读"呃"）
可这仨闺女一人生了个小女孩儿，
豁！这可活活气死田大妈啦。
她发誓："我们家一定要生出个男孩儿来，
要生不出就算我这辈子缺德到家啦！"
田家洼是计划生育先进村，
年年都把奖状拿。
负责人就是田大妈的三闺女，
年轻的妇女主任田桂华。
她两个姐姐出嫁到了外村儿，
田大妈身旁只留下这个老疙瘩。
娘俩住在同一院，
女婿是倒插门儿来到她们家。
就因为桂华生个小女孩，
田大妈天天数落她。
硬逼着桂花再生个男孩儿，
为这事娘俩吵了几次架。
可哪知道，桂华生完孩子已经做了绝育，
没敢说，一直瞒着田大妈。
转眼过了两年多，
桂华的女孩已长大。
天真活泼惹人爱，
名字就叫小翠花。
这一天，桂华接到通知去开会，

她抱着小翠花来找田大妈：

"妈，我要到县里去开会，

一个星期才能返回家。

她爸爸外出学习也不在，

请您帮着照看几天小翠花。"

田大妈一看机会到，

想要又来难为田桂华：

"桂华呀，你要答应我一件事，

妈就照看小翠花。

如果你要不答应，

那你就开会带着她。"

"哟，带着她我怎么去开会，

有什么事您快说吧？"

"闺女，妈听'话匣子'里边介绍过，

说现在生男生女已经有了新办法。

你再给妈生一个，

准能生个男孩子。（'子'读'咂'）

如果还是女孩我也认了命，

就算咱家没有男孩这造化。

证明咱一家子是遗传，

从根上还得埋怨你爸爸。"

"妈，生男生女都一样，

您真是榆木脑袋瓜。

我跟您说了多少次，

超生那可是犯法！"

"你别乱给我扣帽子,

咱们这么大国家多个孩子没有啥。

你要是不生我来生,

反正我岁数还不算大。

我就不信我生不出个男孩来,

豁出去老命往里搭!"

"妈,我这次去就是开计划生育会,

在会上我还要介绍经验把言发。

咱们村,要求一对夫妇只能生一胎,

还必须优生晚育有计划。

我们的口号是杜绝第二胎,

除非是,头胎有生理缺陷或呆傻。

还必须有医院诊断书,

才能把二胎指标拿。"

"哦",田大妈听了这些话,

心里头暗暗都记下。

"行啦,你也别给我讲这大道理,

我看咱小翠花就像小傻瓜。"

"嗐,您真是瞪着眼睛说瞎话,

咱小翠花聪明伶俐谁不夸呀!"

小翠花一旁插了嘴:"姥姥,我就是一个小傻瓜!"

一句话逗得娘俩全都笑,

田大妈乐得直把眼泪擦。

第二天桂华到县里去开会,

田大妈要实施她的新计划。

为了到医院开出诊断书，
在屋里她开始训练小翠花。
让小翠花胡说八道装呆傻，
为的是把二胎指标拿。
田大妈抓紧时间搞训练，
训练的科目还挺复杂。
让小翠花整天在屋内，
教她装傻子充愣所问非所答。
伸出一个指头让她快说是白菜，
伸出两个让她就说大西瓜。
把香蕉说成大公鸡，
让她管土豆叫妈妈。
指画片男的叫姐姐，
画片上女的叫赖蛤蟆。
说错了奖励香蕉大苹果，
说对了站到墙角去受罚。
小翠花觉得挺好玩儿，
练的兴趣还挺大。
吃完了巧克力就往脸上抹，
抹的小脸儿像花瓜。
成天不让小翠花洗脸，
头发不梳也不扎。
弄得是披头散发胡说八道，
鼻涕拉撒活像个小傻瓜。
田大妈见孩子训练得差不多啦，

这一天她抱着到医院去检查。
检查的是位女大夫，
小翠花拉住人就叫赖蛤蟆。
女大夫检查了身体哪都没毛病，
一劲询问田大妈："这孩子什么时候成这样，
什么时候，因为什么引起的?"
"啊!"田大妈思想没准备，
当时可就抓了瞎。
"您不知道，是这么回事……
这孩子两岁之前都挺好，
就是太淘不听话。
她从床上爬着上了桌，
又从桌上往墙上爬……
一转身爬上了大衣柜，
不小心从大衣柜上摔地下。
第二天就高烧40度，
连续三天说胡话。
这孩子今年快三岁了，
见着鸡蛋就叫爸爸。"
女大夫听罢直摇头，
又把智力来检查。
拿出些实物和图片，
一件一件提问小翠花。
女大夫伸出一个手指头问念几，
小翠花忙说："那是白薯好吃的。"

医生又伸出两个手指头,
小翠花说:"那就是个大西瓜。"
又拿出香蕉图片给她认,
她说是公鸡黄毛的。
又拿出个土豆实物认,
她说是啥?
小翠花说:"不是别人是我妈的妈!"
田大妈心说:"这不是把我骂!"
心想我就忍着吧,
你可千万别露馅儿,
查出了我可前功尽弃全白搭啦。
女大夫检查完觉得不对劲,
有点异常要待查,
当时给开了个诊断书。
嗬!田大妈当时乐开花,
她赶忙收好证明信,
抱起了翠花就回家。
进门后赶忙给翠花又梳头又洗脸,
又把香脂脸上擦。
一切全都收拾好,
就等着桂华转回家。
这时间闺女刚进门,
田大妈立刻把喜讯告诉她。
还给她一张医院诊断书,
让桂华去把二胎指标拿。

田大妈越说越高兴，

当时可气坏了田桂华。

"妈，您这纯粹是欺骗，

亏您想得出来这种馊办法。

告诉您，这诊断书我根本就不看，

我不怀不生您也白搭。"

嚯，田大妈听了这些话，

当时肺都要气炸啦。

"好哇！你个死嘎嘣的田桂华，

你这要活活气死妈。

今天咱娘俩打开窗户说亮话，

你不生这个指标我去拿。

告诉你三个月前我就怀了孕，

豁出我这条老命不要，

我就是死了咱田家也得要个男孩子。"（"子"读"咂"）

"啊！"田桂华听完这么一看，

见田大妈肚子确实有点大。

看样子真的好像怀了孕，

这可急坏了田桂华。

她耐下心来给她妈妈做工作，

田大妈坐在炕上一言都不发。

最后说，只要桂华同意生二胎明天去把指标拿，

她就到医院做流产，

弄得田桂华真是拿她没办法。

正这时候忽听锣鼓喧天鞭炮响，

在村头张灯结彩就把戏台搭。

原来是桂华从城里带来计划生育文艺宣传队，
演出来到了田家洼。
广播喇叭通知全体村民今晚都看戏，
田大妈硬着头皮也参加了。
老支书特意请她头排坐，
还在一旁陪着她。
开演前老支书上台讲了话，
把党的政策来传达。
计划生育是国策，
直接关系到"四个现代化"。
农村控制人口是重点，
错误思想要狠抓。
田家洼要在全乡做表率，
紧跟上时代新步伐。
讲完话文艺演出开始了，
田桂华扮演了一位老大妈。
这位老大妈和田大妈思想都一样，
反映的问题又实际又复杂。
节目很有说服力，
深深地打动了田大妈。
她越看越觉得心里真惭愧，
好像节目里演的就是她。
看完后田大妈翻来覆去睡不着，
第二天她一早主动来找田桂华。
"闺女，妈我昨晚一宿都没睡，
想想老支书说的一番话，

和你演的讲的都是一个理,
妈的思想有了变化。
千错万错是我的错,
计划生育妈不该把你后腿拉。"
"妈,这件事我也有责任,
思想工作没有耐心做到家。
让您怀孕受痛苦……"
田大妈闻听笑哈哈:
"傻闺女,妈其实根本就没怀,
就是想用这个办法给你施施压。"
"啊!没怀孕您怎么肚子大?
您这到底搞的啥呀!?"
"嗐,是我买个气枕头,
吹上气用绳就往腰上扎。
每天晚上吹几口,
肚子天天慢慢大嘛。
想不要不用到医院做手术,
现在就把枕头往下拿。"
这时候小翠花跑过来:
"姥姥,我要这个气娃娃!"
逗的全家哈哈笑,
这笑声传遍了田家洼。

原载《曲艺》2000 年第 3 期

(与梁厚民共同创作)

金鱼池畔三辈儿情（对口快板）

甲：打起竹板喜气洋，
　　新老街坊聚一堂。

乙：聚一堂，喜相逢，
　　金鱼池小区庆落成。

甲：人人脸上乐开花，
　　眼看着就要搬新家。

乙：楼房的钥匙拿在手，
　　我高兴地乐了多半宿。

甲：看新房，心里激动热乎乎。
　　我咧开大嘴"哇哇"哭：
　　"哎呦！我的爷爷……"

乙：哎！搬新居是件大喜事儿，
　　你哭那多不对劲儿。
　　我看你脑子有点儿病，
　　娶媳妇打幡跟着哄。

甲：您别生气，请原谅，我难过呀，

这么好的楼房可惜咱爷爷没住上。

乙：是啊，想起这事就添堵，

解放前，我们两家金鱼池畔受尽苦。

甲：对呀，我们俩金鱼池边长大，

我们家有我、我爷爷和我爸。

乙：我们家三代人挤在一间屋，

有爷爷和我还有老姑。

甲：我爷爷那时特别穷，

金鱼池那片出了名。

据说名气还挺大，

都管他叫"穷不怕"。

乙：（白）是啊！

甲：可咱家人穷志不短，

我爷爷弄了个买卖挺露脸。

提起来南城有一号，

大人小孩都知道。

乙：（白）什么买卖？

甲：我爷爷每一天早晨儿，

挑着担子出了门儿，

穿着打扮挺精神儿，

吆喝出来挺招人儿。

乙：（白）怎么吆喝？

甲：我学学啊：

"喂，大小，小金鱼儿嘞……"

乙：（白）嘿，还真好听！

甲：（白）那你爷爷干什么的？

乙：我爷爷和你爷爷差不离儿，

　　不卖金鱼儿卖鱼盆儿，

　　用个竹片儿当小锤儿，

　　左敲右打那叫哏儿。

甲：（白）怎么敲哇？

乙：你听着："台台节台，节台台"。

甲：（白）嘿，还真热！

乙：小买卖窝头咸菜凑合过，

　　住房可别提有多破。

甲：（白）那没错。

乙：破墙是砖头黄土泥儿，

　　房顶上边抹灰皮儿，

　　纸糊的顶棚净裂纹儿，

　　屋里头，黑咕隆咚看不见人儿。

甲：（白）采光不好。

乙：还采光那，屋里四面都不抹墙，

　　砖缝里，经常钻出耗子黄鼠狼。

甲：（白）嚯！

乙：还有灶马、蜈蚣、大青蝎，

　　告诉您，最盛产的是土鳖。

甲：那房子矮小真够呛，

　　一间屋子半间炕。

　　房檐儿路面儿一般高，

　　进门全都弯着腰。

天天驼背把脖缩，
　　　我们个个成了小罗锅。

乙：房后边儿就是龙须沟，
　　什么垃圾全都往里丢。
　　臭气熏天，污水泛滥，
　　苍蝇蚊子打成个蛋。
　　黑水里，冒着气泡往上漂，
　　净是烂鱼头、死耗子和死猫。

甲：（白）嚯，这叫脏。

乙：那一年，大雨下了好几天，
　　连我们家窗台儿全都淹了。
　　屋里的水齐腰深，
　　谁见到这水都发晕。

甲：（白）水太大啦！

乙：我一看屋里进了水，
　　心里甭提有多美。

甲：（白）屋里进水你还美呢？

乙：当时我人小不懂事儿，
　　可能也就五六岁儿。
　　见水我可来了劲儿，
　　顺手抄起小板凳儿，
　　往下一沉憋住气儿，
　　蹬了半天没动地儿。

甲：（白）你还潜游呢？

乙：我爷爷拿着破水瓢，

　　　　忙着把水往外掏,

　　　　回头找我找不着了。

甲：（白）你在哪呢?

乙：我在水里练狗刨呢。

　　　　我"扑通""扑通"往前游,

　　　　一吸气,嘴里漂进个烂鱼头。

甲：（白）多脏啊,哎,你姑姑呢?

乙：多亏我姑姑没在家,

　　　　一早就出去捡煤渣。

　　　　破屋子泡得时间长,

　　　　"呼啦"一声塌了房。

甲：（白）啊!房塌啦!

乙：多亏屋顶不太沉,

　　　　这才没有砸死人。

甲：我爷爷一听动静说"不好",

　　　　赶忙就往你们家跑。

　　　　见你们爷儿俩满身泥水往下滴,

　　　　简直成了落汤鸡。

　　　　把你们爷俩接进我们家,

　　　　你爷爷感动得脸上直劲落泪花,

　　　　在我们家又搭了两块木板铺,

　　　　两家人挤着凑合住。

乙：那天天色已经晚,

　　　　忽听房后一阵喊。

甲：（白）怎么啦?

乙：我姑姑捡煤渣回来出危险。
　　天黑路滑"滋溜溜"，
　　我姑姑掉进龙须沟。

甲：（白）啊！快救人呐！

乙：眼看着我姑要没命，
　　岸上的人站那儿光喊不敢动。

甲：（白）怎么回事？

乙：龙须沟淹死人太多，
　　下水救人是死是活不好说。

甲：（白）那怎么办呢？

乙：忽见一个人往下跳，
　　冲我姑姑大声叫：
　　"丫蛋、丫蛋憋住气儿，
　　我来救你准没事儿。"

甲：（白）这人是谁呀？

乙：（白）你爸爸挑水正路过，
　　　　救我姑姑真不错。

甲：（白）太好了。

乙：只见他抽出扁担就往沟里跳，
　　划着污水往上靠。
　　用扁担挑动我姑的咯吱窝，
　　用尽力气往上拖。
　　岸上的人又拉又拽不怠慢，
　　把我姑姑总算救上岸。

甲：（白）真不容易啊！

乙：我姑姑心里后怕岸边站，
　　你爸爸目不转睛把她看。
　　我姑姑浑身上下淌黑水，
　　你爸爸越看我姑越觉得美。
　　只见她，乌黑头发俩小辫儿，
　　身穿对襟黑裤褂儿，
　　胸前别块黑手绢儿，
　　黑黑的眼睛圆脸蛋儿，
　　手里紧握黑布袋儿，
　　煤渣一泡成煤面儿。

甲：（白）嗐！

乙：你爸爸为把紧张气氛来和缓，
　　凑过来靠近我姑不太远。
　　望着我姑白净的脸，
　　轻声说："丫蛋，你真是出淤泥而不染！"

甲：（白）我爸爸还有这词呢！

乙：别看你爸爸是粗人儿，
　　关键时候还有文词儿。

甲：（白）你姑姑说什么？

乙：我姑姑"扑哧"一笑没吭声，
　　深深给你爸鞠了一躬。

甲：感谢这次救命恩，
　　从此两家更加亲。

乙：到后来，我姑姑长到十七八，
　　漂亮得就像一枝花。

谁见了全都把她夸，

　　　争着给她找婆家。

　　　你爸爸一见着了急，

　　　让你爷爷把婚提。

甲：（白）你姑同意了吗？

乙：我姑姑低头不说话，

　　　心里有数主意大，

　　　选了个吉日出了嫁。

甲：（白）嫁谁啦？

乙：不是别人是你爸。

甲：（白）哦！你姑姑原来是我妈呀！

乙：啊，你这人太可笑，

　　　这么大事你愣不知道？

甲：（白）嘻，那时候有我吗？

乙：（白）对啦，那时候还没你呢。

　　　从那时起到现在，

　　　亲情延续整三代。

甲：解放后，在党和政府的关怀下，

　　　金鱼池发生新变化，

　　　龙须沟旧貌全不见，

　　　简易楼盖起一大片。

　　　我们两家六口人，

　　　住进了一个单元门儿。

乙：没想到，1976年唐山地震天地动，

　　　简易楼震得裂了缝。

有的楼房有点往下沉，

　　还有震得掉了门。

　　楼房当时不能住，

　　只好在马路边上打地铺。

　　两家人搬进一个地震棚，

　　体现了我们邻里情。

甲：政府为百姓解忧愁，

　　马上修复简易楼。

　　镶上了圈梁加了固，

　　两家人上楼又回去住。

乙：北京日新月异变化大，

　　金鱼池列入危改有规划。

甲：市领导关心小区建设来的勤，

　　真是百姓贴心人。

乙："三个代表"作指导，

　　金鱼池小区建得好。

甲：与时俱进金鱼池，

　　今昔对比最真实。

乙：过去是，贫民窟臭沟烂泥塘，

　　如今是，一幢幢别墅式的小洋房。

甲：倒映在水中真好看，

　　金鱼池景观如梦幻。

乙：金鱼畅游嬉喷泉，

　　水花四溅五彩斑斓。

甲：草地绿，花儿红，

百花盛开春意浓。

乙：咱爷爷要能活着到现在，
　　准认为这是到国外。

甲：喜迁新居抖精神儿，
　　我们两家回迁住对门儿。

乙：新世纪，新面貌，
　　小区落成人欢笑。

甲：住新楼，喜盈盈，
　　金鱼池连着新东城。

乙：新东城，新气象，
　　东城天天在变样。

甲：金鱼池小区放光芒，
　　北京未来更辉煌。

合：对，金鱼池小区放光芒，
　　北京未来更辉煌！

原载《曲艺》2003年第3期

（与梁厚民共同创作）

科技花开（对口快板）

甲：新春佳节喜庆扬，

　　科技明星聚一堂。

乙：今天是春节联欢会，

　　在座的专家学者足有二百位。

甲：见到你们笑开颜，

　　我们俩先给大家拜个年。

乙：祝大家事业财源都兴旺，

　　生活美满蒸蒸日上。

甲：北京的面貌大改变，

　　离不开各位辛苦和贡献。

乙：首都人民对你们很敬重，

　　你们的功劳京城百姓齐赞颂。

甲：愿各位再为首都多出力，

　　我们代表北京人民向你们致以——

合：崇高的感谢和敬意！

甲：哎！各位要想再出新成果，

有什么困难您找我。

乙：（白）这么说你也是位科学家。

甲：（白）当然啦！

　　我仰知天文、俯察地理，

　　研究的项目在座的没法和我比。

乙：（白）什么项目？

甲：高科技水平第一流，

　　关键的配制得用铀。

乙：（白）得用油？

　　哦，是铀235、铀238。

　　您是研制导弹的？

甲：我是腌制捣蛋的，

　　我在试验室里昼夜干，

　　几乎天天都捣蛋。

乙：（白）天天捣导弹。

甲：搞捣蛋、做试验，

　　基础学用得很全面。

乙：（白）都什么基础学？

甲：什么化学、数学、力学都要用，

　　还要轻拿轻放不能碰。

乙：（白）还真精密呀！

甲：外观光滑要求高，

　　国际市场常脱销。

　　经济效益也挺好，

　　外汇赚的真不少。

乙：（白）是吗？

甲：销路好、销路多，

关键是点火时候别硌窝。

乙：（白）硌窝？

甲：煮熟了、碎外观，

再用酱油茶叶腌几天。

乙：（白）哦，茶鸡蛋。

甲：哎！别声张、要保密，

我这项目正在申请搞专利呢。

乙：（白）还搞专利呢！

甲：在座的全都是高手，

我怕他们给学走。

乙：（白）没人学。

这项目您留着自己慢慢干吧，

还告诉你有狗那年就有人会腌茶鸡蛋。

甲：我这是和您开玩笑，

科学家的丰功伟绩我知道。

乙：对！他们个个是精英，

奋力拼搏在北京。

甲：看！片片小区美无比，

高楼大厦拔地起。

乙：立交桥、创奇迹，

雄伟多姿真壮丽。

甲：西客站名列亚洲第一流，

是科学家的奉献和追求。

乙：二环、三环和四环，
　　与北京腾飞紧相连。

甲：科技战线齐争艳，
　　硕果累累多灿烂。

乙：勇于开拓创奇迹，
　　科学是第一生产力。

甲：哎！唱北京、赞北京，
　　科技明星数不清。

乙：科技明星特别多，
　　您听我一个一个对您说。

甲：（白）好！那你说说。

乙：今天他们都在台下坐，
　　我一边说，他们一边乐。
　　明星们个个情满怀，
　　全都坐在前几排。

甲：（白）是啊。

乙：有位老者看样子是个学派，
　　花白的头发把眼镜戴。
　　光学界里很有名，
　　他就是大家熟悉的王大衍。
　　他是光学技术奠基人，
　　发展尖端是功臣。
　　爱国科学作奉献，
　　把现代光学来创建。

甲：建筑学家张开济，

绘出的宏伟蓝图多壮丽。
　　　设计成建房"周边式"的新布局，
　　　节省了资金和地皮。

乙：顾方舟站在医学研究最前沿，
　　　使几十万儿童免致残。
　　　研究出小儿麻痹活疫苗，
　　　抑治病魔立功劳。

甲：女专家，胡道芬，
　　　研究小麦献青春。

乙：神经外科专家王忠诚，
　　　显微手术世界高水平。

甲：范励修是道路立交老专家，
　　　使首都交通顺畅开新花。

乙：冯长根是热爆理论第一人，
　　　青年教授技超群。

甲：计算机专家杨芙清，
　　　集成化软件工程搞成功。

乙：女气象专家叫章淹，
　　　预测暴雨攻尖端。

甲：科技战线名人多，
　　　恰似繁星一颗颗。

乙：我俩在台上唱一年，
　　　你们光辉业绩说不完。

甲：无限敬意在心中，
　　　望你们永远攀高峰。

乙：国家的繁荣、强大和兴旺，
　　知识是无穷的智慧和力量。

甲：看现在、望未来，
　　要尊重知识和人才。

乙：科技之星放光芒，
　　群星灿烂更辉煌。

合：科技花开多灿烂，
　　为振兴中华做贡献！
　　做贡献！

原载《北京晚报》1995 年 1 月 29 日文艺副刊

（与梁厚民共同创作）

人间彩虹（对口快板）

甲： 走上台，我无比高兴无比自豪，

您听我唱一唱人间彩虹——那就是桥。

世上的桥可真不少，

千姿百态分外的娇。

乙： 有宽敞平坦的公路桥，

四通八达的铁路桥，

气势磅礴的立交桥，

横跨马路的过街桥，

风景宜人的园林桥，

还有那，你们大家都熟悉的罗锅桥。

人长成罗锅不好看，

桥要是罗锅更独道。

甲： 美丽的桥，横跨山川架云海，

联接陆地越波涛。

犹如彩练当空挂，

就好像，人间长虹万千条！

五大洲，七大洋，
各个国家都有桥。
巴拿马有座美国桥，
英国伦敦玻璃桥，
旧金山有名大吊桥，
法国絮伦尼斯桥，
瑞典境内桑独桥，
巴西尼泰罗伊桥，
德国雷根斯堡桥，
尼加拉瓜红泥桥，
日本东京高架桥，
朝鲜平壤玉流桥，
印度著名的漫水桥，
瑞士奥尔韦大桥，
苏丹马格林大桥，
葡萄牙阿拉比大桥，
还有我国南京长江大桥。

乙：这些古代桥、现代桥，
都值得您到那儿去观瞧。
有座桥，可别去，
到了桥上准报销。
我不说您是不知道，
那就是意大利电影里的
卡桑德拉的那个大桥！
千座桥，万座桥，

反映出各国人民聪明智慧和勤劳。

您要问哪国建桥建得早？

哪国建桥技艺最高超？

翻开世界桥梁建筑史，

还得数我们中华民族夺了标。

远在1400多年前，

老祖先就建成了赵州桥。

它是敞肩拱桥世上第一座，

中华的光荣和骄傲。

至今已成为珍贵的艺术品，

雄姿不减，绚丽多彩，

雕刻精美，巍然挺立放光豪！

甲：再说我国石梁桥，

比拱桥建得还要早。

那是在2000多年前，

西安灞桥算天娇。

桥墩建成圆石柱，

流水欢畅阻力小。

古人建造石梁桥，

把人间奇迹来创造。

那时候没有汽车龙门吊，

靠什么？靠滚动，借涨潮，

潮落石板入墩槽。

调整位置固定好，

纹丝不动牢又牢。

老祖先真是有绝招,

　　建桥技术就是高。

乙：京通路上八里桥,

　　离城四十在东郊。

　　这桥兴建在明代,

　　地处进京咽喉道。

　　想当年,八国联军侵北京,

　　义和团在八里桥前抗强暴。

　　看现在,这座桥饱经风霜巍然立,

　　它记录中国人抵御列强逞英豪!

甲：悬索吊桥最有名的,

　　就是四川泸定铁索桥。

　　建桥地势很险要,

　　悬崖峭壁似刀削。

　　东西对峙两座山,

　　桥下面,大渡河水波涛翻滚浪涛涛。

　　乌黑铁链上千吨,

　　沉甸甸拉起十三条。

　　九条铁链上铺桥板,

　　其他做两边扶手牢又牢。

　　泸定桥,铁索桥,

　　你可知道有多少中华勇士为你把身抛?

乙：那是在一九三五年,

　　红军长征要过泸定桥。

　　桥对岸敌军重兵守桥头,

　　　　桥上面所有桥板被撤掉。

　　　　英雄们面对桥下千尺浪，

　　　　飞身冲上泸定桥。

　　　　冒着枪林弹雨攀着铁链向前爬，

　　　　消灭了敌人保住了桥。

　　　　大队人马桥上过，

　　　　长征路上红旗飘。

甲："八景之一"卢沟桥，

　　　　提起来大家都知道。

　　　　桥上的石狮最有名，

　　　　做工细琢又精雕。

　　　　您要想数清石狮有多少？

　　　　恐怕这事难办到。

　　　　皆因为它的神态逼真表情俏，

　　　　生动活泼惹人笑。

　　　　您这一笑可不要紧，

　　　　把刚才数过的全忘掉啦！

　　　　卢沟晓月美如画，

　　　　中外游客齐夸好。

乙：可恨那日本侵略军，

　　　　"七七事变"铁蹄践踏卢沟桥。

　　　　侵我中华称霸道，

　　　　劳苦大众受煎熬。

　　　　共产堂唤起民众千百万，

　　　　抗日烈火遍地烧。

苦战八年得胜利，

打得日军把枪缴。

宜将剩勇追穷寇，

吹响了解放战争进军号。

百万雄师过大江，

推翻了南京政府蒋家王朝。

甲： 一九四九年十月一日那一天，

金色的太阳普天照。

毛主席站上天安门，

向全世界庄严来宣告：

"中华人民共和国，中央人民政府成立了！"

顿时间红旗如海歌如潮，

欢呼的人民一齐涌向金水桥。

乙： 新中国刚刚成立后，

美帝向朝鲜伸魔爪。

毛主席果断做决定：

保家卫国，抗美援朝！

英勇的中国人民志愿军，

雄纠纠，气昂昂，

跨过了鸭绿江大桥。

抗美援朝凯旋归，

新中国掀起了建设新高潮。

甲： 人民当家做主人，

奋发图强热情高。

为祖国繁荣和昌盛，

自力更生修建桥。

　　　听一听，瞧一瞧，

　　　建桥大军逞英豪。

　　　吃大苦，耐大劳，

　　　日新月异传捷报，

　　　全国已修建不少的桥。

乙：有上海黄浦江大桥，

　　　杭州钱塘江大桥，

　　　东南乌龙江大桥，

　　　东北松花江大桥，

　　　西南金沙江大桥，

　　　湖南湘江大桥，

　　　江西赣江大桥，

　　　广州珠江大桥……

甲：改革开放结硕果，

　　　巨龙壮阔东方潮。

　　　中国建设，中国制造，

　　　我国又建成不少新桥。

　　　这些桥都有很高含金量，

　　　各界赞誉真不少。

　　　有连接三地的港珠澳大桥，

　　　世界上最高的北盘江大桥，

　　　世界上最长的丹昆特大桥……

乙：还有内蒙古黑沟特大桥，

　　　哈尔滨四方台大桥，

新疆孔雀河大桥，
安徽丰乐河大桥，
湖北四渡河大桥，
青海沱沱河大桥，
山西仙神河大桥，
河南仁存沟大桥，
四川深溪沟大桥，
浙江千岛湖大桥，
福建漳州湾大桥，
重庆石板坡大桥，
江西桃江特大桥，
贵州赫章特大桥，
甘肃泾河特大桥，
还有白头翁大桥，
沙头翁大桥，
芙蓉江大桥，
金沙湾大桥，
浏阳河大桥，
皎平渡大桥……

合：这些高桥、矮桥，
长桥、短桥，
新桥、老桥，
大桥、小桥，
石桥、砖桥，
钢桥、木桥，

冰桥、旱桥，

吊桥、浮桥，

引桥、索桥……

座座大桥多雄伟，

把神州大地装点得无比的美丽，分外妖娆！

原载《曲艺》1998年第4期

（此稿于2021年修订）

好大哥（数来宝）

乙：新时代，新事多，
　　打起竹板唱赞歌。
甲：先别唱，听我说，
　　你们看没看见我大哥？
乙：这位可真有点神，
　　怎么刚一上台就找人？
甲：同志你别开玩笑，
　　我的好大哥找了一年没找到。
　　我妈急得吃不下饭，
　　我爸爸急得团团转。
　　把我急得更够呛，
　　城里找了好几趟。
　　您城里人认识的比我多，
　　请您帮忙找我哥。
乙：（白）好，我问你：
　　他姓什么？叫什么？

在什么单位干工作？

甲：我可不是开玩笑，

您问的我全不知道。

乙：（白）什么全都不知道，那怎么找哇？

甲：我只知道他不高不矮中等个，

面带微笑老是乐。

大眼睛，高鼻梁，

五官端正方脸庞。

不是和你把口夸，

见面我就能认识他。

乙：（白）多新鲜呢，你大哥你能不认识吗？

甲：刚才我忘了跟您说，

他可不是我的亲大哥。

他虽然不是我亲大哥，

可胜似我的亲大哥。

因为我失去亲大哥，

又得到这位好大哥。

好大哥就是亲大哥，

亲大哥等于好大哥。

（白）你明白了吧？

乙：（白）我都糊涂啦。

甲：这件事儿从头谈，

这事儿发生在去年。

就在去年刚立夏，

我大嫂从医院给我妈打电话。

乙：（白）什么事？

甲：说我亲大哥住院抢救病很重，
　　让我们赶快把钱送。

乙：（白）那就赶快送去吧！

甲：我妈当时急得不得了，
　　不知道让谁去送好。

乙：（白）让你爸去。

甲：我爸爸早就在医院，
　　和我嫂日夜把我哥来照看。

乙：（白）哦，陪住呢，让你妈去。

甲：我妈倒是很想去医院，
　　可她年老体弱行动不便。

乙：（白）哦，也去不了！

甲：我们家就我和我妈两个人，
　　还得留下一个看家门儿。

乙：（白）那就只能你去啦。

甲：我从小一直山里住，
　　没出过远门心发怵。
　　进了城，东南西北闹不清，
　　看见汽车都发蒙。
　　不会躲，不会挪，
　　要把我撞着你负责？

乙：（白）我负得了责嘛！

甲：半夜里，我们娘俩灯下来商议，
　　最后还是决定让我去。

第二天我妈拉住我的手，
　　一直把我送到大门口。
　　"没法子，妈只能让你一人去，
　　到北京城里可要多注意。
　　下车直接去医院，
　　别在城里瞎胡转。
　　前几年我上北京，
　　让一个坏蛋把钱蒙。
　　你把钱拿好注意点儿，
　　听人说，城里人净是坏心眼儿。"

乙：（白）嘻，你妈这话太片面，
　　可不能打击一大片。

甲：我妈这话我记住，
　　转身离家上了路。
　　到县城才早晨六点多，
　　正赶上去北京的头班车。

乙：（白）真巧！

甲：上了车，我就两手按着兜儿……

乙：（白）干吗呀？

甲：生怕别人把我钱包偷。

乙：（白）嘻！

甲：我左边瞧，右边看，
　　发现城里比我们山里乱。
　　来来往往净汽车，
　　汽车多得没法说。

乙：（白）都看见什么汽车啦？

甲：有大汽车、小汽车，

长汽车、短汽车，

高汽车、矮汽车，

圆汽车、扁汽车，

两截的汽车、方汽车……

车连车、车挨车，

车靠车、车超车，

上上下下净是车。

左边车、右边车，

还有那一个人骑得飞快的电动车。

哟！怎么脑袋上扣着个钢盅锅呀！

乙：（白）嘻！那叫头盔。

甲：北京马路平又宽，

两边的房子像高山！

乙：（白）那是高层楼。

甲：看得我眼花又缭乱，

汽车左右来回转。

走了一站又一站，

我心想：哪儿是我要找的北大医院？

乙：哎，你地名不熟有困难，

可以问问售票员。

甲：乡下人出门多费劲，

不认路只好把人问。

心里急着看我哥，

连问话我全不会说。

应该问："售票员同志,

到北大医院哪儿下车?"

乙:（白）你怎么问的?

甲:我说："售票员同志,哪个医院有我哥呀?"

乙:（白）嗐!

甲:售票员听完一劲笑,

冲我招手把我叫。

"小同志,别发憷,

你是不是头次来北京?"

乙:（白）你看人家售票员态度多好!

甲:我说："我大哥住在北大医院中,

半年来一直病情不见轻。

我来北京看望我大哥,

可不知哪站该下车?"

售票员听完点点头:

"小同志千万别发愁。

这车你坐到终点站,

下车以后向左转。

过马路,仔细看,

站牌上写着×××路汽车站。

坐五站再下车,

然后掉头往回折,

走十几米,有站牌,

你再等着汽车来。

　　　　上了车坐七站，

　　　　下车以后往右看，

　　　　对面是个超市便民店。

　　　　然后往右走几步，

　　　　就到了北大医院住院处。"

乙：（白）真够远的！

甲：我听完以后直发懵，

　　　　怎么走还是搞不清。

　　　　我一人肯定找不到，

　　　　您麻烦这车能不能绕一绕？

乙：（白）没听说过！

甲：我一个人正犯难，

　　　　忽听背后有人发了言：

　　　　"小弟弟，你的话我听见了，

　　　　别着急，我亲自送你上医院。"

乙：（白）太好啦！

甲：我当时听完这话直纳闷儿，

　　　　心想肯定没好事儿。

　　　　回头一看他比我壮比我高，

　　　　噢，半道他准抢我钱包。

乙：你可不能乱怀疑，

　　　　人家是向雷锋来学习。

　　　　你这想法可不对，

　　　　好心你别当驴肝肺！

甲：我当时只是这么想，

根本就没敢对他讲。

乙：都怪你听了你妈的话，
　　对人冤枉够多大！

甲：是啊，我心里甭提多悔恨，
　　真想自己把自己打一顿。
　　越想越觉得脸直烧，
　　我不该怀疑人家抢钱包。
　　别的话我也不会说，
　　我就说："你真是我的好大哥，
　　心里有话对你说，
　　请你帮忙找我哥。"

乙：（白）好大哥说什么？

甲：在车上我俩越说越带劲儿，
　　越说越近投脾气儿。
　　人逢知己心贴心，
　　我俩甭提有多亲。
　　他对我爱护胜慈母，
　　有了他，我这才有了主心骨。
　　下车、倒车来回绕，
　　好大哥还帮我买车票。
　　到站下车往前走，
　　不一会儿，来到了北大医院大门口。

乙：（白）到了！

甲：好大哥带我去看我大哥，
　　我感激的心情没法说。

乙：（白）快进去吧！

甲：迈步刚要往里走，

走过一个大夫把我问。

好大哥把我们的来意讲一遍，

大夫说："你们不能再把亲人见。"

乙：（白）怎么啦？

甲：就在我们到的那一天，

我亲大哥已经离开人世间啦！

乙：（白）哦，去世了！

甲：我听完大夫这句话，

当时脑袋都要炸。

眼发黑，心乱跳，

头发晕，两耳叫，

就好像吃了安眠药，

一会儿我什么全都不知道。

乙：（白）"小弟弟，你快醒醒，

快醒一醒啊！"

甲：朦胧中听到了好大哥的呼喊声，

我强打精神睁开眼。

才发现他把我紧紧抱在怀，

我眼泪"唰"地一下流出来。

没想到，我们刚刚认识三钟头，

他竟能为我分忧愁。

知我心，知我愿，

他知道，我想把死去的亲哥看一看。

他把我搀到太平间，

　　没想到我大哥遗体已经送往八宝山。

乙：（白）噢，拉走啦？

甲：好大哥当时不怠慢，

　　搀着我直奔地铁一号线。

　　买了票，上了车，

　　赶到火葬场已经是下午一点多。

　　迈步急速往里跨，

　　没见着我嫂和我爸。

　　一打听，我哥尸体已火化，

　　当时我脑袋都要炸了。

　　眼泪"唰唰"夺眼眶，

　　我的亲大哥最后一眼没看上。

乙：（白）你也别太伤心啦！

甲：我只是伤心不知怎么办，

　　好大哥扶着我，又奔了长途汽车站。

　　走了多远我也闹不清，

　　就好像走遍了全北京。

　　光倒车倒了四五趟，

　　好大哥累得真够呛。

　　城里的天气热又闷，

　　不由我阵阵犯恶心。

　　头晕难受一劲吐，

　　好大哥掏出手绢儿给接住。

　　帮我漱口又捶背，

　　　　不怕天热与劳累。

　　　　又买饭，又削苹果，

　　　　一路上耐心安慰开导我。

乙：（白）太好了！

甲：到车站，他看我情绪已稳定，

　　　好大哥心中很高兴。

　　　他问我能不能自己坐车返回家？

　　　我连连点头，眼含热泪把他拉。（拉乙）

乙：（白）哦，我成好大哥啦！

　　　好弟弟，我还要回厂上夜班，

　　　希望你把心放宽。

　　　我不能继续把你送，

　　　回到家，好好劝父母多保重。

　　　这一天，你又是急又是累，

　　　到了家，早些休息早点睡吧。

甲：他的话，暖心窝，

　　　我紧紧拉住好大哥：

　　　"好大哥，你真比我亲哥还要好，

　　　一辈子我全忘不了。

　　　你看你，陪我整整有一天，

　　　我还不知道，你在什么单位来上班？

　　　请你赶快跟我说，

　　　你叫什么名字，我的好大哥呀？"

乙：（白）"你就叫我哥哥吧！"

甲：（白）"哥哥！"

乙：（白）"好弟弟！"

甲：好大哥不说他的名和姓，
　　他站在车下把我送。
　　汽车开动向前走，
　　好大哥向我亲切地招手。
　　我看到他有一颗助人为乐善良的心，
　　闪光发亮特别亲。

乙：像这样的好大哥，
　　在首都，在全国，
　　不计其数特别多。

甲：你的话说到我心中，
　　好大哥就是当代活雷锋。

乙：好大哥，好精神，
　　平凡的事迹感动人。

甲：好大哥，不平凡，
　　新时代的好青年。

乙：好大哥，好风貌，
　　时代的自豪和骄傲。

甲：好大哥，好风尚，
　　是我们学习的好榜样。

乙：好大哥，好表率，
　　象征着我们新一代。

甲：新的一代在成长，
　　阳光哺育全靠党。

乙：党的阳光照山河，

雷锋精神遍全国。
甲：精神文明百花鲜，
　　　雷锋就在我们中间。
合：精神文明百花鲜，
　　　雷锋永远在我们中间！

原载《曲艺》1990 年第 11 期

真 情（快板书）

改革时代出英雄，
群星璀璨耀眼明。
劳动模范李素丽，
平凡岗位见真情。
这一天，正是星期日，
万里无云天气晴。
有一辆公交车已开动，
以平稳的速度往前行。
车上的乘客真不少，
有老有少，有男有女，
说说笑笑，高高兴兴，
就像是一个和睦大家庭。
这时就听有人说了话，
车厢内传来广播声：
（白）"乘客同志们，你们好！
欢迎您乘坐21路1333号公共汽车，

我们这路车是由西直门发车，
终点站到北京西站。
您可能来自祖国的大江南北，
不管您来自何方，
我都将用北京人热情、好客的传统为您提供周到的服务。
您有什么困难？有什么要求？
请不要客气，
我会热情帮助您。
让我们在欢乐、和谐的气氛中，
度过您短暂的乘车旅途。"
嘿！这声音是那么的悦耳，那么动听，
那么样的亲切，那么虔诚，
那么样的甜美，那么委婉，
那么样的火热，那么真情。
顺着声音仔细看，
见有位姑娘正年轻。
手拿着票夹和话筒，
满面微笑似春风。
这边给大娘找座位，
（白）"大娘，您坐这儿吧！"
"好，谢谢姑娘！"
那边说："小朋友，
前边车要拐弯，扶好别乱动！"
"谢谢，阿姨！"
手里头，卖票找钱一通忙，

嘴里面，一站一站报站名。

她就是劳动模范李素丽，

咱北京人对她一点不陌生。

这时候，汽车到了月坛站，

跑过一群人"忽啦"就往车上拥。

李素丽探出身子，高声喊：

"乘客同志不要挤，

请照顾老人和儿童。"

她这一喊真管用，

乘客们立刻按顺序上下不再乱哄哄。

李素丽她发现有位老大爷上车很费劲，

看样子手脚不太灵。

她赶忙下去把老大爷搀上车，

找了座，又走了过去问一声：

"老大爷，您一人坐车要上哪啊？

是不是头次到北京？

您有票吗？有票吗？"

问了几遍，老大爷根本不答应。

李素丽以为老人耳背听不见，

凑近耳边又问一声：

"老大爷，您有……票……吗？"

嚯，她这一问可不要紧，

老大爷掏出月票气冲冲。

"看，有票，有票，我有月票，

再看看，省得你说没看清！"

李素丽当时就一愣，
转过脸来没吭声。
心里想："老大爷哪来的这股火儿，
什么原因闹不清。"
可能是原来坐车受过气，
要不然不会对我这么横。
这时候我只能不讲话，
过一会，老大爷的情绪会放平的。
这时候，汽车离终点不算远了，
李素丽开始查票穿行在人群中。
他走到一个时髦小青年面前站住脚：
"同志，你的票？"
"我有月票啊"，小青年说话还挺横。
"那就请您出示，我看一下。"
"忘带了"，这话透着心虚假惺惺。
"没带就请您补张票吧！"
"没带钱呀。"
明显是说话把人懵。
李素丽早就看出这个小青年，
根本没月票又不想买车票，
又不想把他逃票的目的当众给点明。
只见她，撕了张车票递给小青年，
从自己的口袋里拿出零钱，
轻轻放进钱夹中。
乘客们看在眼里，

暗暗佩服李素丽，
都说她这人太宽容了。
那个小青年拿车票脸朝外，
看不出当时他是什么表情。
突然他转过身朝车内吐口痰，
李素丽上前就批评：
"同志，你往车内吐痰可不对，
不讲卫生不文明。
请你把痰给擦干净。"
小青年连听都不听，
照着原地又一口。
李素丽当时气得脸通红。
乘客们一看全不干啦，
对这个小青年你言我语直批评，
说："对这种人一定要严惩，
重重处罚不留情。"
同时又全把目光投向李素丽，
倒看看她怎样处理这件事情。
这时候，车厢内显得很安静，
李素丽不卑不亢很从容。
只见她，轻轻掏出一张纸，
蹲下身，慢慢把痰迹都擦净，
转身回到座位上，
就好像刚才什么事情也没发生。
这小青年万万没想到李素丽能这样做，

当时羞得脸直红,
就觉得他比车上的人全都矮了一大块,
深感内疚难为情,
慢慢走向李素丽,
到面前,深深地给她鞠一躬:
"大姐,我错了,我服了,
您这人真有水平。
我今天来就是听说21路有位售票员,
对待乘客特别好,
我不信现在还有这事情。
人与人之间感情很淡,
情如薄纸冷如冰。
我专坐你这车来验证,
真没想到您对乘客太有情啦!
您这样的人可太好了,
使我终身不忘记心中。
这五块您一定要收下,
就算我交的罚款行不行?"
小青年话还没说完,
旁边那个老大爷搭了声:
"小伙子,你这样做就对啦,
你交罚款我赞成。"
老大爷双手拉住李素丽:
"姑娘,刚才我也委屈你啦,
别怪大爷不通人情。

以前我坐车受过气,

现在一上车我就脑袋疼。

没想到你和他们不一样,

善解人意真是让我受感动。

你真像前几天广播里说的,

那个优秀售票员叫李……什么丽来着?"

有个女孩站起不爱听啦:

"老爷爷,什么叫真像李素丽呀!

这阿姨就是李素丽,

前天还带我看过病呢。"

这时有位大娘又插话:

"这姑娘对谁都热情。

有病要坐上她这车,

保管病情就见轻。

这么好的姑娘值得大家来学习!

大家说对不对呀?"

(白)对!

顿时间,车厢内掌声响起似雷鸣。

这掌声,体现着乘客对她多少爱;

这掌声,体现出乘客对她无限情;

这掌声,是对她辛勤工作的感谢和肯定。

李素丽也被这场面所感动,

热泪含在眼圈中。

情感交织热泪涌,

热泪与情共相融。

她对乘客情意重,
乘客对她情更浓。
情意不断情常在,
人间处处有真情!

原载《曲艺》1997年第1期

内当家（数来宝）

甲：联欢晚会喜气扬，
　　　朋友们欢聚在一堂。

乙：聚一堂，有精神儿，
　　　不管你是哪国人儿。

甲：现如今网络交流信息快，
　　　彼此沟通无障碍。

乙：现在的世界感觉小，
　　　相互的差异在减少。

甲：对，天下美景如梦幻，
　　　到各国旅游都方便。
　　　天下美味特别多，
　　　尽情品尝去吃喝。
　　　天下姑娘都挺好，
　　　跨国婚姻真不少。
　　　中国姑娘更不错，
　　　只可惜一人只能娶一个……

乙：（白）娶多了那是重婚！

甲：（白）不，我不是那意思。

乙：（白）那您什么意思？

甲：刚才一高兴说错词儿，

我是想跟您比爱人儿。

乙：（白）比不了，您爱人外国人，我爱人中国人，

不是一个品种，怎么比呀？

甲：（白）谁说我爱人是外国人？她是中国人。

乙：（白）那可以比。

要比爱人我先谈，

她长得漂亮像演员。

体形丰满线条美，

就好像芙蓉刚出水呀！

（白）美—美……

甲：（白）别美啦！

乙：（白）怎么了？

甲：您这人理解太片面，

咱不比，谁爱人长得多好看。

乙：（白）不比好看，比什么呀？

甲：比谁的爱人脾气大，

比咱俩，谁在家里最把爱人怕。

乙：瞧您比的有多特殊，

要比怕爱人我认输。

咱是个堂堂男子汉，

在家我得说了算。

甲：那我和您正相反，

　　在家整个让人管。

　　我爱人管我特别严，

　　出门都不让我带钱呢！

乙：（白）哎哟！您瞧瞧，

　　他不但人穿得干净，连兜都那么干净！

　　看来您爱人真够呛，

　　怎么把您管成这个样？

甲：（白）她厉害着呢。

　　当姑娘时她特温顺，

　　结婚后一天比一天更来劲。

　　这样下去再不管，

　　她登着鼻子就上脸。

乙：哎，听我的，壮壮胆儿，

　　打她几次准服软儿。

甲：您这主意真不错，

　　听完了就是有收获。

　　当初我也这样做……

乙：（白）怎么样？

甲：试巴几回打不过！

乙：（白）你连她都打不过？

甲：（白）能真打吗？

乙：（白）不真打呀！

甲：（白）那是呀！

　　真打了显咱没风度，

再说她也顶不住。

真打那可是家暴，

人家肯定把我告。

真打了可就成问题，

她娘家还有三个舅舅两个姨。

我要动她一拇哥，

可就捅了马蜂窝。

他们哥几个这么一上，

当时我就得成肉酱。

乙：（白）啊！

甲：俗话说，胜者王侯败者贼，

肯定准是我倒霉。

乙：（白）那怎么办呢？

甲：遇这事儿，往外推，

咱光棍儿不吃眼前亏。

乙：您这老外真叫精，

简直就是"中国通"。

打不过，别气馁，

不动拳头和她动嘴。

甲：（白）跟她讲道理？

乙：（白）对呀，您不是汉语挺能说的吗？

甲：虽然我汉语挺能说，

比她我也差得多。

我讲了半天她不服，

她一说理由确实比我足。

说得我，没了词儿，

张嘴结舌净打奔儿，

两只眼睛直愣神儿，

站那使劲拍脑门儿！

说不过她我都想哭，

急得都管她叫"老姑……奶奶……"

乙：（白）哎呦，怎么这话都说出来啦！

您是文的武的全不会，

挺大个子窝囊废。

您还站这和我侃呢？

纯粹是"窝头翻个儿"。

甲：（白）这话怎么讲？

乙：您给我们男士现大眼啦！

甲：我不现眼、不脸红，

越怕爱人越光荣。

我在这说句老实话，

这年头，哪个男的不把爱人怕？

乙：（白）不可能啊！

甲：您要不服气，您就让台下的哪位男士不怕爱人的举举手，

我就不信台下有。

乙：（白）您这话可说绝啦，

今天台下来了这么多男士，哪能都怕爱人呢？

甲：（白）全怕，不信您问。

乙：（白）那我可问了！？

甲：（白）问吧。

乙：（白）刚才他说今天来的男士都怕爱人，

我不信今天来的男士那都是顶天立地的男子汉，

俗话人称"白骨精"……

甲：（白）什么"白骨精"？

乙：（白）白领，骨干，精英。

你不懂！

一会儿我问问您：

有没有不怕爱人的，您给我举举手。

如果您爱人在旁边坐着咱就免了，她要是没来，您就举举手。我谢谢您啦！

我可问啦？

甲：（白）问吧。

乙：（白）台下有不怕爱人的，请举手，举手……

哎，那有举双手的，噢，伸懒腰呢，真没有啊！

甲：您这人脑子缺根轴儿，

怕爱人是新时代的新潮流。

乙：（白）行啦，

咱俩别在这打嘴架。

您和我说句心里话，

对您爱人到底怕不怕？

甲：（白）咱们别在这说，到后台说。

乙：（白）别，就在这说。

甲：（白）在这不能说！

乙：（白）不能说呀，噢！

我知道他有个毛病，您不鼓掌他不说，

您一鼓掌他准说。
　　朋友们咱给他鼓鼓掌,
　　让他说说怎么样?(观众鼓掌)
　　您说说吧!

甲:(白)那我就豁出去啦!

乙:(白)那就对了。

甲:要说怕,有点怕,
　　要说不怕也不怕。
　　我想怕,我就怕,
　　我不想怕就不怕。

乙:(白)这叫什么话呀?

甲:别看我嘴上有点怕,
　　其实心里并不怕。
　　我有理时我不怕,
　　没理时候我真怕。
　　我有时候把她怕,
　　她有时候把我怕。
　　宏观上我把她怕,
　　微观上她把我怕。
　　我不怕,她不怕,
　　没有理由互相怕。
　　我没必要把她怕,
　　她又何必把我怕。
　　既然如此全不怕,
　　那就谁不把谁怕。

　　　　　您说我是怕还是不怕？

乙：（白）您都给我说糊涂啦，

　　　　　那您刚才把您说的这么惨？

甲：主要是为了好表演。

　　　　　再说台下女的来了这么多，

　　　　　您想我能不这么说吗？！

乙：（白）为什么呀？

甲：我要不向着女的点儿，

　　　　　她们听完以后准翻脸儿。

　　　　　回家跟男的一瞪眼儿，

　　　　　晚上准让跪搓板儿。

　　　　　还有个更重要的原因您没发现。

乙：（白）什么原因？

甲：我爱人台下盯着看呢。

乙：（白）她也来啦！

　　　　　　　　　原载《曲艺》1990 年第 2 期

　　　　　　　　　　　（此稿于 2021 年修改）

情系机场连万家（群口快板）

合：银燕高飞通全球，
　　中外游客世界游。
　　首都机场情满怀，
　　欢迎您到北京来。
甲：飞机降落停机坪，
　　候机楼内灯火明。
　　大厅整洁又明亮，
　　高贵典雅真宽敞。
　　冷不着，热不着，
　　冬暖夏凉有空调。
　　温馨环境人人夸，
　　宾客如同到了家。
乙：环境好，环境美，
　　离不开奉献者艰辛的劳动和汗水。
　　他们是机场的血脉和心脏，
　　为飞机起飞降落安全做保障。

默默无闻在奉献，

　　动人事迹千千万。

甲：万花丛中摘一朵，

　　干脆就先说说我。

女A：（白）你有什么可说的？

甲：你可别把我小看，

　　我工作就在供电站。

　　供电站共有三个班，

　　11万伏艰巨任务我们担。

　　肩负着航站航管通讯和导航，

　　保障着地面照明设施的安全和正常。

乙：（白）是吗？

甲：如果我们一旦停了电，

　　机场黑压压一片，

　　四处什么都看不见，

　　指挥系统就瘫痪，

　　飞机起降全中断，

　　该转动的都不转，

　　不该乱的整个乱，

　　没电什么也别干，

　　那可真是不好办了。

　　供电工作很平凡，

　　可它与机场紧相连，

　　供电一定保安全，

　　必须要定岗定位定人员，

有高低压检修员、电气设备试验员、运行值班员、架空线路员、电缆线路员，
　　还有巡视员、检查员、检修员、抢修员、维护员、抄表员……

乙：对，供电站机场确实离不了，
　　我们供热站更是不能少。

甲：（白）是吗？

乙：我在那工作十几年，
　　供热站是机场总供热源。
　　供热用重油两大罐，
　　就像两颗大炸弹。

合：（白）嚯！够厉害的。

乙：我们防范特别严，
　　确保供热很安全。
　　文明规范高质量，
　　为首都北京树形象。
　　形象好，喜心头，
　　再创佳绩争一流。

丙：争一流，创佳绩，
　　我来说说天然气。
　　从无到有十几年，
　　创业的道路不平凡。
　　哪家燃气有隐患，
　　及时抢修不怠慢。
　　查一户，修一户，

　　　　　安全一户保一户。

　　　　　定期上门去服务,

　　　　　对孤寡老人更照顾。

女A: 对,这一点,我体会深,

　　　　　维修站和我家心贴心。

　　　　　别看老太太今年八十八,

　　　　　手脚利索眼不花。

丙:（白）岁数不小哇。

女A: 别看我岁数有点大,

　　　　　去年还伺候孙子媳妇儿休产假。

　　　　　那一天,孙媳妇抱着宝宝床上坐,

　　　　　我拿起奶锅把奶热。

　　　　　一打火发现不对劲儿,

　　　　　天然气突然没了气儿。

　　　　　奶热不成要断顿儿,

　　　　　这下可要坏了事儿。

　　　　　这孩子还是急脾气儿,

　　　　　喂晚了蹬腿又尥蹦儿。

　　　　　我可惹不起这小宝贝儿,

　　　　　急得我一劲掉眼泪儿。

　　　　　我敢紧给维修站打电话,

　　　　　师傅们很快到楼下。

　　　　　进了屋连查带干几分钟,

　　　　　天然气当时就修通了。

　　　　　我看着火苗儿心里乐,

　　　　拿起奶锅把奶热。

　　　　感激的话涌心窝，

　　　　一时不知怎么说。

丙：（白）您怎么说的？

女A：好师傅，听我说，

　　　　一会儿我热奶给你们喝。

丙：（白）啊，哪能这么说呀！

女A：我不是说热奶给你们喝，

　　　　我是说你们和徐虎差不多。

　　　　只顾低头把奶看，

　　　　哟！师傅们出门早不见啦。

丁：师傅们真情暖心间，

　　　　你们听我说制冷站的女子班。

女合：（白）哎！你是男的女的？

丁：（白）我是男的。

女合：（白）女子班有你什么事儿？

丁：（白）我爱人是女子班的嘛。

女B：说女子班，我得谈，

　　　　我这班长最有发言权。

丁：你发言，我不争，

　　　　你要说得不全我补充。

女B：好，制冷站工作很平凡。

　　　　可与机场舒适环境紧相连。

　　　　有一天制冷机组出故障……

丁：怎那么巧，这事正让我赶上？！

　　　　那天正是我公休，

送我爸爸旅游去欧洲。

六月盛夏正中伏，

高温似火太阳足。

下了汽车进大厅，

嚯！一股热浪往外涌。

候机楼内像蒸笼，

有个老外热得全不行啦。

汗珠子"吧哒""吧哒"往下流，

嘴里头"孬孬孬"直摇头。

女B：多亏我们女子班及时把故障排除掉，

　　　候机大厅恢复恒温人欢笑。

　　　女子班敢想又敢干，

　　　勇于摸索去实践。

　　　总结经验，敢把树脂大罐来清洗。

　　　洗罐前要加满盐，

　　　加盐重活她们抢在前。

　　　用手抱，用肩扛，

　　　不让男的来帮忙。

　　　咬紧牙关横下心，

　　　每天装盐上千斤。

　　　姐妹能干了不起，

　　　不愧是个坚强好集体！

女C：集体力量大无穷，

　　　供水站严要求出了高水平。

　　　始建于一九五七年，

　　　以自产地下水做水源。

改革开放快节奏,
深感到供水量不够。
停水断水经常见,
要发展必须搞扩建。
看如今管线延长纵横交错,
管网遍布各个角落。
8M综合管理高效率,
现代化的供水显威力。

女DE：你供水，我供暖,
供暖的学问也不浅。
供暖站看着很平凡,
可它与百姓冷暖紧相连。
我们走千家串万户,
经常进屋查温度。
测高温，测低温,
达不到温度找原因。
查出原因就抢修,
修阀门必须钻地沟。
憋着气，哈着腰,
打着手电往前猫。
该拧的拧，该转的转,
该查的查，该看的看,
该量的量，该算的算,
该锯的锯，该断的断,
该砸的砸，该钻的钻,
该切的切，该片的片,

　　　　该削的削，该灌的灌，
　　　　该清的清，该换的换，
　　　　该洗的洗，该涮的涮，
　　　　该接的接，该焊的焊，
　　　　该抹的抹，该沾的沾，
　　　　该包的包，该垫的垫，
　　　　该快的快，该慢的慢……
　　　　精益求精把活干，
　　　　再苦再累也心愿。
　　　　用我们的艰辛和真情，
　　　　换来了万家欢乐暖融融。

甲乙：首都机场英雄多，
　　　　恰似繁星一颗颗。

丙丁：我们在台唱一年，
　　　　先进事迹说不完。

女AB：无限敬佩在心中，
　　　　再接再厉攀高峰。

男合：加倍干，斗志昂。

女合：让首都机场更辉煌。

合：加倍干，斗志昂，
　　　让首都机场更辉煌！更辉煌！

　　　　　　　　原载《曲艺》2004年第1期
　　　　　　　　　　（与梁厚民共同创作）

谁的贡献大（群口快板）

（A，B，C，D，E均为军营战士，指导员简称"指"）

合：迎新春，齐欢笑，
　　首长战友全来到。
　　人人脸上笑开颜，
　　先给大家拜个年。

指：（白）祝首长和战友们——

合：春节愉快，阖家欢聚，
　　身体健康，万事如意，
　　思想进步，学习努力，
　　龙腾虎跃，再创佳绩！

指：（白）敬礼！（全体人员）

A：拜完年，不算完，
　　赶快您给压岁钱。

B：给多少，要多少，
　　要是美元那更好。

C：这是跟您开个玩笑，

真给我们也不能要。

A：（白）怎么不能要哇？

C：真要可就坏了事儿,
　　　证明咱比人矮一辈儿。

D：辈份小,心欢喜,
　　　只要您高兴了就可以。
　　　过节了图的这么一笑,
　　　更能把欢乐气氛来营造。

E：互动活跃不死板,
　　　我们的快板才好演。

合：战友们,往台上看,
　　　我们几个小伙台上站,
　　　个个是军营男子汉,
　　　帅气潇洒又强悍,
　　　倾倒姑娘一大片。

A：朝夕相处在军营,
　　　情如手足暖融融。
　　　战友之间充满情,
　　　就像和睦大家庭。

B：山沟精神大发扬,
　　　献身使命斗志昂。
　　　任务艰巨闲不住,
　　　我们的岗位在仓库。

C：蓝蓝的天,清清的水,
　　　库房环境特别美。

山又高，沟又深，

　　　鸟语花香空气新。

D：就像个天然大氧吧，

　　　仓库就是我们的家。

　　　我们都在一个连，

　　　他是我们的指导员。

指：我这人说话很干脆，

　　　今天咱们开个年终总结会。

　　　怎么想就怎么说，

　　　比比谁的贡献多。

A：讲贡献，我先谈，

　　　当然是我们仓库保管员。

　　　各种物资和装备，

　　　账、物、卡数都相对。

　　　业务培训不放松，

　　　全能做到一口清。

　　　一问清，一摸准，

　　　各种培训抓得紧。

　　　就说去年改造库房，

　　　我们加班加点日夜忙。

　　　多少物资要对倒，

　　　及时准确码放好。

　　　高质量完成任务很有序，

　　　赢得了总部机关、受供部队的赞誉。

　　　不是我们不谦虚，

论贡献我们数第一。

指：你们去年干得很不错,

　　　论贡献可以算一个。

B：你们保管员工作是挺累,

　　　没我们安全押运也白费。

　　　押运员天南海北到处跑,

　　　比你们受苦可不少。

　　　就说去年押运去广东,

　　　车皮里面热浪涌。

　　　少说也有五十度,

　　　我揣几个鸡蛋上路了。

　　　火车进站停站台,

　　　哎,怎么鸡蛋孵出小鸡来?!

　　　十一月到哈尔滨那个凉劲儿（冷）,

　　　从车厢四周冒寒气儿,

　　　我跺着脚,紧挪地儿,

　　　自己差点冻冰棍儿。

　　　指导员,您得说,

　　　贡献是不是我们多?

指：你们战严寒,斗酷暑,

　　　风雨兼程不言苦。

　　　常年在押运线上跑,

　　　贡献确实也不小。

C：指导员,你这样说话我不爱听,

　　　难道我们就没功?

我们巡逻班战士咬紧牙，

肩负着仓库警卫、巡逻和纠察。

巡逻一班三小时，

严冬酷暑都坚持。

无论刮风和下雨，

每天巡逻百公里。

再苦再累也能扛，

巡逻一年比绕赤道一圈还要长。

新战士脚下起满了泡，

老战士以长老茧为骄傲。

乐观向上忘了苦，

斗志昂扬干劲鼓。

指：对，你们用脚步丈量，

　　忠诚精神令人人感动，

　　我们向你们来致敬。

D：你们巡逻员了不起，

　　那也没法和我们比。

　　我们仓库消防员，

　　任务就是保安全。

　　仓库驻守在深山，

　　防火困难不一般。

　　天天训练忙备战，

　　应急措施有方案。

　　一旦哪里有险情，

　　我们拉得出去得打赢。

指：你们把仓库来保护，
　　　贡献大家记得住。

E：指导员该听我来谈，
　　　可别忘了我们炊事员。
　　　他们个个都能干，
　　　再能干也不能不吃饭。
　　　如果我们不给做三餐，
　　　他们就得忍着去上班。
　　　肚内无食头发晕，
　　　干活没劲脚没根，
　　　眼冒金星腿抽筋，
　　　饿得前心贴后心。
　　　我们饭菜香、色又美，
　　　馋的你们一劲流口水。
　　　特顺口，吃得多，
　　　天天米饭吃一锅。
　　　不是跟你们打嘴架，
　　　你们说说炊事员贡献大不大？

合：（白）我们贡献大，
　　　我们比你们强。

指：咱们谁也别争也别吵，
　　　你们的贡献都不小。
　　　还有些岗位没说到，
　　　大家的工作都重要。

A：指导员讲话我们爱听，

B：岗位不同有分工。

C：工作没有重与轻，

D：全有贡献都有功。

E：当代军人意志坚，

要树立革命核心价值观。

A：热爱人民忠于党，

坚定信念有理想。

B：献身使命多荣耀，

把伟大的祖国来报效。

C：高举旗帜献忠诚，

雄师劲旅战旗红。

D：创建一流高水平，

保障部队能打赢。

合：光荣的队伍，光荣的兵，

服务总部保北京。

立志扎根在山中，

用青春年华谱人生，

谱人生！

原载《曲艺》2012年第2期

（与李培共同创作）

比 车（快板小段）

一天下午五点多，
幼儿园门外停满了车。
这些车都是家长来接小宝贝儿，
回家团聚度周末。
在小三班有仨小朋友，
他们天真、聪明又活泼。
他们是厉害的小明，
聪明的小娜和不爱说的小多多。
小明他胸脯一挺说了话：
"嘿！一会我爸爸就接我，
准带我到麦当劳买好吃的。
他在公司当经理，
我最爱坐他那辆宝马车！"
小娜听完一撇嘴，

一个劲儿地摇脑壳：

"哟……宝马车有什么了不起，

我爸爸开的是卡迪拉克。

我爸爸车好我爸爸官就大，

我爸爸官大就能开好车。

我爸爸比你爸爸官大就管着你爸爸，

我爸爸的车也就管着你爸爸的车。"

小明听完一摆手，

气得小嘴直噘着。

"哼！你爸爸副经理怎么管着我爸爸经理呢！

你是蒙人瞎胡说！"

小娜她眨眨眼睛说了话：

"是啊，副经理就是负责经理的，负责和管着差不多呀！"

小明听完不服气，

拉过来小多给评说。

小多说："你俩谁爸爸官大我不知道，

谁的车好我不认得。

我只知道爸爸的车不接我，

从来不在家里搁。

我爸爸的车没有你俩爸爸的车好，

可我爸爸的车全都管着你俩爸爸的车。"

小明小娜说不信：

"能管着我们爸爸的车，你爸爸开的什么车？

你说你说你快说！"

小多多说:"我说能管准能管,

我爸爸开的是交通巡逻的执法车。"

(白)啊!那是能管着……

原载《曲艺》2001年第10期

童　年（快板）

走上台，心喜欢，
打起竹板上下翻。
打完板，先不说，
我给大家唱首歌。
（白）那位说："你能唱吗？"
"您把'吗'去了，我能唱。"
我嗓子亮，不发闷，
最拿手唱女高音。
（白）那位又说了：
"你是男的，干什么唱女的？"
男的唱女的好出名，
观众爱听受欢迎。
咱就说那李玉刚，
好就好在娘娘腔。
举止形态真无比，
他比女的还像女。

男唱女一炮走了红,
世界巡演都有名。
小沈阳说话女了女气,
招人喜欢有魅力。
穿着裙子这么一演,
一夜成名上了春晚。
只要我玩命一认真,
保证和他有一拼。
不信现在我就唱,
关键看掌声怎么样?
您一鼓掌我笑开颜,
我这首歌名叫《童年》。
童年的歌儿童年的事儿,
童年的生活是那么有趣儿。
童年的歌那么有味儿,
童年就有那么天真劲儿。
童年看着那么有意思儿,
童年全是家里小宝贝。
(唱)"太阳当空照,花儿对我笑。
小鸟说早、早、早,你为什么背上炸药包?
我去炸学校,老师不知道。
一拉弦我就跑,炸的学校和我一边高。"
这首歌是否能唤起您童年的回忆?
什么,您听完以后直生气,
别生气,别愣神儿,

告诉您这歌是我改的词儿。
您听着可能跟原词有点不一样,
可我们同学都爱唱。
我生在一九八七年,
三岁就上了幼儿园。
上幼儿园第一天,
那情景始终记心间。
晚上我妈和我商量好,
第二天起得特别早。
收拾完东西一看表,
我妈夹着被子拉着我手往外跑。
真要去我变了卦,
噘着小嘴不说话。
低着脑袋走不快,
磨磨蹭蹭直耍赖。
我妈心里很急躁:
"好孩子快走,别再闹了,
去晚了妈妈会迟到!"
对我又哄还又笑,
她一哄我倒来了劲儿。
当时人小不懂事儿,
躺在地上不动地儿。
要说我妈真难找,
对我一点都不恼。
就数她的脾气好,

照我屁股就一脚。
我的脾气就够拧,
看来我妈比我横。
这一脚,还真灵,
恐怕不走也不成。
我躺在地上就不走,
我妈就像拉死狗。
我一路哭得好可怜,
我妈好不容易把我拖进幼儿园。
我妈把我往老师怀里使劲放,
转身就去把班上。
不是我妈太狠心,
迟到可要扣奖金。
她一走,我直愣,
心想哭死也没用。
不如赶快找老师,
这就叫"既来之则安之"。
老师看我挺好玩儿,
胖乎乎的有人缘儿。
指着我还一劲夸,
说"这孩子真能磨他妈。"
领着我,进了班,
和小朋友玩的欢。
学歌谣,认图片儿,
围成一圈儿丢手绢儿。

搭积木，骑木马，
摇的我坐上直犯傻。
幼儿园里挺好玩儿，
怎么除了老师净小孩？
集体生活好心情，
一天不去都不行。
幼儿园里饭菜好，
每顿我都吃特饱。
老师看我长的胖，
吃少怕营养跟不上。
剩下的饭菜没人要，
全往我这碗里倒。
倒多少，我都吃，
不吃心里怕老师。
吃的多，收不住，
吃出一个将军肚。
一测营养过了剩，
得了一个肥胖症。
有些话当时人小听不懂，
老师夸我是"饭桶"。
送我个外号真不错，
他们都管我叫"吃货"。
记得有一天吃懒笼，
全班数我有水平。
热懒笼，冒热气儿，

老师多给我一份儿。
手捧着懒笼心里美,
馋得一劲流口水。
张开大嘴就一口,
差点咬着自己手。
这懒笼,挺老厚,
咬了半天没有肉。
嚼在嘴里好难受,
粘了巴几咬不透,
拿出来一看是套袖。
都怪自己给拿错,
现在想起都可乐。
时间车轮往前移,
转眼间,上了小学一年级。
一年级,小豆包,
身子挺胖个不高。
小黄帽,带帽檐儿,
校服也不知什么牌儿。
兜里装着两块钱儿,
跳跳蹦蹦挺好玩儿。
手里拿个小布袋儿,
里边装饭盒、水碗儿、小手绢儿。
身后背个大书包,
比我个头还要高。
远瞧像个集装箱,

各种书本里边装。
有语文书、算术书、美术书，
自然书、音乐书、英语书，
还有单线本儿、双线本儿，
横格本儿、竖格本儿，
田格本儿、英语本儿，
硬皮本儿、软皮本儿，
记事本儿、计算本儿，
练字本儿、草稿本儿，
每天都装不少本儿，
老师换课没有准儿。
书本太多捆成捆儿，
撑得书包咧了嘴儿。
刚刚挤满没一会儿，
"哗啦"一下掉了底儿。
散书本，洒一地，
看着心里直叹气。
书太多，本太重，
书包太大背不动。
为什么小学就学这么多，
孩子们的心声向谁诉说？
学的多，头发懵，
上课精神不集中。
脑子有时一走神儿，
就不知老师讲哪题儿。

前边后边接不上,
把我急得真够呛。
每天下课快五点,
迷迷糊糊腿直软。
我妈不顾也不管,
课余时间全排满。
怕我输在起跑线,
爸妈俩人跟我干。
望子成龙想拔尖儿,
还给我报了不少班儿。
有语文知识讲座班儿,
奥林匹克数学班儿,
写作素材积累班儿,
英语兴趣培养班儿,
还有声音班儿、器乐班儿,
京剧班儿、曲艺班儿,
舞蹈班、朗诵班儿、表演班儿,
书法班、作文班儿、绘画班儿,
武术班、游泳班儿、足球班儿,
篮球班、跆拳道班儿、架子鼓班儿……
那真是班挨班儿、班靠班儿,
班连班儿、班接班儿,
上完这班上那班,
下完那班抢这班,
抢完这班追那班,

追完那班赶这班。
也不管什么：大班儿、小班儿，
长班儿、短班儿，
新班儿、老班儿，
快班儿、慢班儿，
好班儿、坏班儿，
早班儿、中班儿、晚班儿……
只要有班我都上，
就差让我上夜班儿了。
学得我，直发蔫儿，
累坏了我这小脑瓜儿。
睁开眼就是班儿，
根本没有星期天儿。
这样下去顶不住，
老师家长快给孩子来减负。
多些时间给小孩儿，
让天真的孩子们尽情玩儿！

原载《曲艺》2010 年第 6 期

（与杨超共同创作）

童　心（对口快板）

乙：走上台，心喜欢，
　　我俩上学一个班。

甲：一个班，是同桌，
　　个头高矮差不多。

乙：我们爱说爱笑哥俩好，
　　同学们说我俩是活宝。

甲：关系好，没的说，
　　共同爱好是唱歌。
　　您想听我们就唱，
　　关键看掌声怎么样？

乙：听到掌声笑开颜，
　　这首歌名叫《童年》。
　　这歌现在很流传，
　　歌词是我们自己填。

甲：童年的歌儿，童年的事儿，
　　童年全是家里小宝贝儿。

童年看着那么有意思儿，

　　童年就有那股天真劲儿。

　　童年的歌儿那么有味儿，

　　童年的生活那么有趣儿。

乙：（白）别说了，还唱不唱啦？

甲：咱俩一块唱能招人儿，

　　用板伴奏打过门儿。

合：（唱）"太阳当空照，花儿对我笑。"

乙：（唱）"小鸟说早、早、早，

　　你为什么背上大书包？"

甲：（唱）"我去上学校，

　　烦的不得了。

　　一放学，精神好，

　　溜出学校就往家里跑……"

　　玩游戏机去啦！

　　这歌唱起来有精神儿，

　　后边是我改的词儿。

乙：改的好，唱起来特顺嘴儿，

　　他是我们班的机灵鬼儿。

甲：谁的话，他都听，

　　人送外号"马屁精"。

　　（白）我逃学那事儿，

　　是不是你告诉我爸爸的？

乙：（白）我给你买根雪糕，你怎不说啦？

甲：（白）行啦……咱不说那事儿，

说点有趣的事。

乙：（白）好哇！

合：我们俩都生在2001年，

三岁时就上了同一个幼儿园。

甲：上幼儿园的第一天，

那情景始终记心间。

我妈和我商量好，

第二天起得特别早。

真要去我变了卦，

低着脑袋不说话。

乙：（白）不想去？

甲：我妈一看时间到，

对我又哄还要笑。

她一哄我倒来了劲儿，

当时人小不懂事儿。

犯开了自己小脾气儿，

往地上一坐不动地儿。

我这一招她没想到，

名字就叫"坐地炮"。

乙：（白）"坐地炮"？

甲：（白）就是坐在地上跟她泡，不走。

乙：（白）这招行吗？

甲：我这一招还真灵，

弄得我妈脸直红。

路上的人全都看，

看我妈对我怎么办？

乙：（白）你妈生气了吧？

甲：我妈涵养真难找，

对我一点也不恼。

就数她的脾气好，

照我屁股就一脚。

乙：（白）把你妈气的！

甲：这一脚，还真痛：

"妈，我跟您走还不行吗！"

乙：（白）你怎么又走啦。

甲：我妈气得脸直白，

这时可不能硬着来。

乙：软硬把握的挺有准儿，

难怪叫他机灵鬼儿。

甲：到了幼儿园老师把我领进班，

和小朋友们玩得欢。

幼儿园，真好玩儿，

怎么除了老师净小孩儿？！

乙：幼儿园，孩子多，

你说完了听我说。

我把我妈折腾得比你一点也不差，

到幼儿园认生直害怕。

坐那一动也不动，

一见饭菜就玩命。

甲：（白）你喜欢吃？

乙：幼儿园，饭菜好，

每顿我都吃特饱。

饭菜给的真不少，

每顿我都吃不了。

剩下的饭菜没人要，

全往我这碗里倒。

吃不动，使劲吃，

不吃心里怕老师。

吃多了，收不住，

吃出了一个将军肚。

营养超标过了剩，

差点吃出个糖尿病。

甲：（白）谁让你玩命吃的？

咱说点上学的事。

乙：好哇，你听着，时间的车轮向前移，

我们俩上了小学一年级。

甲：一年级，小豆包，

蹦蹦跳跳个不高。

可书包像个集装箱，

上学的书本儿里边装。

乙：（白）都有什么？

甲：有语文书、算术书、美术书，

自然书、音乐书、英语书，

还有单线本、双线本，

横格本、竖格本，

田格本、英语本，

硬皮本、软皮本，

记事本、计算本，

练字本、草稿本……

每天都装不少本儿，

左一本儿，右一本儿，

一本儿一本儿又一本儿，

因为老师换课没有准儿，

所以要带那么多本儿。

撑得书包咧了嘴儿，

撑得书包掉了底儿。

刚刚塞满没一会儿，

"哗啦"掉下书一捆儿。

乙：书太多，本太重，

书包太大都背不动。

为什么小学就学这么多，

负担太重我们向谁说啊？！

甲：弄得我们头发懵，

上课精神不集中。

脑子经常爱走神儿，

一走神儿就不知老师讲哪题。

每天下课得五点，

累得迷瞪腿直软。

都这样我妈对我也不放过，

还给我报班去上课。

乙：我妈和你妈一个样，
　　把我烦的真够呛。
　　多学知识就广泛，
　　千万别输在起跑线。
　　为了让我能拔尖儿，
　　还给我报了不少班。

甲：（白）都什么班啊？

乙：有语文知识讲座班儿，
　　奥林匹克数学班儿，
　　写作素材积累班儿，
　　英语兴趣培养班儿，
　　还有声乐班儿、音基班儿，
　　器乐班儿、京剧班儿，
　　舞蹈班儿、朗诵班儿，
　　表演班儿、书法班儿，
　　绘画班儿、武术班儿，
　　游泳班儿、足球班儿、排球班儿……
　　那真是：
　　班挨班儿，班靠班儿，
　　班连班儿，班接班儿，
　　上完这班儿上那班儿，
　　下完那班儿赶这班儿，
　　赶完这班儿追那班儿，
　　追上那班儿抢这班儿，
　　也不管什么大班儿、小班儿，

长班儿、短班儿，
　　新班儿、老班儿，
　　快班儿、慢班儿，
　　好班儿、坏班儿，
　　早班儿、中班儿、晚班儿，
　　只要是班我都上，
　　就差让我上夜班啦！
　　学得我，直发蔫儿，
　　累坏了我这小脑瓜儿，
　　哈腰驼背三道弯儿，
　　身子扭曲像麻花儿，
　　瘦得像根萝卜干儿，
　　小眼镜上圈套圈儿。

甲：我们抗议要呐喊，
　　对孩子不能这样管。

乙：这样管，不是爱，
　　是对未来的花朵在伤害。

甲：小学就学这么多，
　　我们负重向谁说？

乙：孩子们的痛，孩子们的苦，
　　我们幼小的心灵谁来抚！

甲：请老师家长快减负，
　　这样下去顶不住。
　　多些时间给小孩儿，
　　让天真的孩子尽情玩儿！

别和我学（对口快板）

乙：走上台，心喜欢，
　　竹板打起来上下翻。
甲：先别打，快停住，
　　我一见这玩意儿就发怵。
乙：（白）怎么啦？
甲：外边人怎么说您不知道，
　　我劝您快点儿给扔掉。
乙：（白）说什么啦？
甲：唱快板儿的缺心眼儿，
　　挣钱挣得不大点儿。
乙：我越打越觉得有精神儿，
　　打起竹板唱新词儿。
甲：您打这玩意儿多没劲，
　　再说也有失您身份呢。
乙：（白）我有什么身份？

甲：您的身份了不起，

　　一般人没法跟您比。

　　您又有风度又有派，

　　西服革履透着帅。

　　往这儿一站多够份儿，

　　再闻身上您这香味儿，

　　瞧瞧您这个机灵劲儿，

　　仪表堂堂那么神气儿，

　　甭问您准在干大事儿。

乙：（白）是啊！

甲：事业很大可不小？

　　经理的工作不好搞。

乙：（白）我不是经理。

甲：您别不好意思讲，

　　要不然您是董事长！

乙：那我更是不敢当，

　　反正一天弄它上百箱。

甲：（白）哎哟！赚那么多呢？

　　要这么说，他们可比您差得远。

　　（白）那您干什么的？

乙：我在农贸市场卖水产。

甲：啊！我以为您在白领阶层干工作，

　　闹半天，您跟我一样卖水货。

乙：（白）谁卖水货？我卖的是真货。

甲：别着急，别瞪眼，

　　　　我说卖水货就是卖水产。

　　　　我说闻着你身上不对劲儿，

　　　　没有法国香水那股味儿。

乙：（白）那我身上什么味儿？

甲：您这味儿，特别好，

　　公共场合不好找。

　　气味独特不一般，

　　猫闻见全都往上蹿。

乙：（白）腥味啊！

甲：咱们俩是同行，

　　我的经验比你强。

　　水产卖了十几年，

　　到现在也没赚到钱。

乙：（白）那您都在什么地方卖？

甲：天地市场我常去，

　　那里是生我养我的根据地。

乙：（白）天地市场在哪儿啊？

甲：（白）天地市场就是上边是天、下边是地，

　　自发自管很随意。

乙：（白）那叫非法市场。

甲：说白了就在马路边儿，

　　弄几个箱子摆地摊儿。

　　不管白天儿与黑天儿，

　　人多了我还净加班儿。

　　没人管我撒了欢儿，

　　　　弄虚作假我拔尖儿。

　　　　嗓子喊得冒了烟儿，

　　　　在那儿我可是个官儿，

　　　　工商一来我先颠儿。

　　　　什么时候来我不知道，

　　　　老远有人放着哨。

　　　　生怕他们给抓到，

　　　　因为我这买卖没有照。

乙：（白）你是无照商贩！

甲：比您我可差得远，

　　　整天提心又吊胆。

　　　这几年全都吓出病，

　　　见大壳帽我就不敢动。

乙：（白）你领个照到正规市场去卖多踏实！

甲：原来我也在红桥干，

　　　到如今，弄得没脸把人见。

乙：（白）怎么回事？

甲：有一天，我在市场卖基围虾，

　　　打对面走过一个三十多岁女士，

　　　我尊称管她叫"大妈"。

乙：（白）人家爱听吗？

甲：她听完以后摇摇头，

　　　给我一个黑眼球。

乙：（白）应该白眼球。

甲：她不是戴着墨镜吗？

咱见人就要矮一辈儿，

这样才能好办事儿。

办成事儿嘴要甜，

保证您能多赚钱。

乙：（白）这都什么逻辑。

甲：那女士见我缸里的虾个个蹦，

心里别提多高兴。

掏出钱对我说，

要买活虾三斤多。

乙：（白）来买卖啦！

甲：我一瞧，机会到，

抓住千万别放掉。

伸手就把活虾捞，

一转身，乘机把活虾掉了包。

乙：（白）你给换成死虾呀？

甲：（白）你喊什么！活虾都让你给吓死啦。

乙：（白）能吓死吗？

甲：拿袋死虾秤上称，

送到女士她手中。

她交完钱往外走，

转身走出大门口。

我捂着嘴一劲笑，

心说那女士是"傻帽"。

乙：（白）你缺德不缺德！

甲：别管缺德不缺德，

反正手头比你活。

　　　你这人脑子慢，

　　　这年头钱能多赚就多赚。

　　　你表面机灵透着鬼，

　　　其实脑子进了水。

乙：（白）谁呀？

甲：我低着头正高兴，

　　　抬头一看就一愣。

乙：（白）怎么啦？

甲：那女士就在我面前站，

　　　说我用死虾把她骗。

乙：（白）人家说得对，瞧你怎么办？

甲：我给她来个不认账，

　　　把这女士气得真够呛。

　　　气得她刚要大声喊，

　　　当时吓得我傻了眼，

　　　赶快给女士把活虾换。

乙：（白）应该换。

甲：（白）不换不行啊。

乙：（白）怎么啦？

甲：这事让经理全看见了。

　　　她走过来把情况了解清，

　　　拿起虾来这么一称。

　　　我心里打鼓冒虚汗，

　　　份量整差二两半。

乙：（白）缺斤短两啊，

怎么差那么多？

甲：换活虾我又捣了鬼，

塑料袋里多放水啦。

乙：（白）啊！你可太不像话啦！

你几种违规都占全，

我看你这买卖可要悬啦！

甲：一点不悬也不蔫儿，

门口还贴着我大照片儿。

乙：（白）先进摊主。

甲：（白）曝光台呀。

乙：（白）像你这样坑害顾客应该曝光。

甲：到后来市场处罚我摊位封闭搞整顿，

我心里别提多悔恨。

都怪自己特别笨，

这么多年白在外边混。

后来一打听更撮火，

原来这女士是记者。

乙：（白）噢！到市场搞暗访。

甲：她到市场搞暗访，

怎么市场事先也不讲啊？

乙：（白）能告诉你吗！

甲：我贼了半天算白贼，

这事赶上我倒霉。

自作自受能怨谁，

　　　　反正是破鼓乱人捶。

乙：（白）你也别丧气。

　　　　你这错误真不小，

　　　　你得好好作检讨。

　　　　都怪你法规没学好，

　　　　搬石头砸了自己的脚。

甲：我是聪明反被聪明误，

　　　　自己断了自己路。

　　　　市场领导为我来着想，

　　　　把我清退出市场。

乙：（白）应该！

甲：我给市场造成坏声誉，

　　　　深刻教训要牢记。

　　　　改正错误再努力，

　　　　要把没戏变有戏。

　　　　没等市场给取缔，

　　　　我又回那根据地。

乙：（白）又去啦！

原载《曲艺》2002年第6期

何许人也（快板）

《曾用名：我是什么人》

（白）《百家讲坛》有个易中天，有名了。
《快板课堂》有个姚富山，没人知道。
×××是谁呀？就是我，
现在暂时还不火。
不过他，语言犀利，针砭时弊，
　　　　生活琐事，点滴范例。
　　　　以小见大，颇有教益，
　　　　耐人寻味，稍有风趣。
望君深思，以求甚解，
请品快板，《何许人也》。

一撇一捺，就念个人，
人的内含，特别深沉。
要想明解，内中涵意，
静心思考，细品追寻。

大千世界，无奇不有，

当今的社会中，就有形形色色各类的人。

他们就生存在我们这个空间，

千姿百态难以区分。

您听我给您说上几种，

相信您的感触，比我更深。

有这样的一种人，

什么真本事没有混得很风光，

小日子过得还挺滋润。

您要问他有什么绝窍，

他会溜须拍马献殷勤。

察颜观色一门灵，

投其所好看得准。

见什么人说什么话，

咸鱼都能说翻身。

说得比唱得还好听，

可就是说话嘴不对着心。

十句话倒有九句假，

就一句实话，那还是大意没留神。

一了解，说假话他们家是祖传，

您说这一家子叫什么人？！

我劝您离他们远着点儿，

对他的话千万别相信。

别把您卖了您还帮他数钱呢，

那真是脑子进水太缺心。

还有另外一种人，
钱比他爸妈还要亲。
张嘴闭嘴就是钱，
谁有钱他和谁亲近。
我们有个街坊就这样，
今年四十是单身。
跟兄弟姐妹不来往，
对父母更是不孝顺。
还偷偷地把父母房子给卖了，
那钱自己他独吞。
前些年愣认了个三十多岁女人做干妈，
哭着喊着尽孝心。
据说这个干妈很有钱，
为钱他一点没自尊。
他倒说：我要自尊有什么用？
认干妈就为拔穷根。
想当爷就先充小辈，
点头哈腰装穷孙。
也别说他这一认干妈真管用，
也不知做什么买卖有了财运。
他这一有钱可了不得了，
见人就说：嘻！这下我可成富人了。
为改变过去的穷酸样，

乔装打扮苦用心。
里外穿的是名牌，
脖子上的金链粗又沉。
表面装着有学问，
带个眼镜挺司文。
其实他小学都没毕业，
他愣说留学去过伦敦。
财大气粗说话横，
动不动张嘴就骂人。
粗俗得让人都受不了，
北京人讲话：压根他就不是一个正经人。
也不知是求财神还是做了亏心的事，
经常开着汽车到五台山那拜佛神。
拜天神，拜地神，
祈盼财神进家门。
烧香不止头磕尽，
也难表达虔诚的心。
在这里就奉献佛祖一句话，
对这种人的话千万别上心。
别谁一上香都保佑，
您也得分清好赖人。

如今养狗很普遍，
再说说养狗的人。
养狗本无可非议，

可不能任性太过分。
更不能不管也不顾，
万不能伤害其他人。
年轻人养狗追时尚，
老年人养狗为解除孤独开开心。
我们楼上那姑娘不这样，
养狗就为显身份。
她弄条名狗个头和她差不多，
每天溜狗开大奔。
可这姑娘没脖子没腰还挺胖，
圆哩咕叽像个肉墩。
那狗往旁边一坐，
穿着唐装还戴着一个黑墨镜，
看上去比她还精神！
这个姑娘姓苟还属狗，
名字就叫苟布芬。
她说跟狗有缘份，
前世是狗托生成的人。
爱狗如痴全变了态，
整天和狗一块混。
跟狗吃，跟狗睡，
被窝里跟狗还接吻呢。
她搂着狗头一劲添，
"滋啦""滋啦"挺使劲。
轻声轻语把狗叫，

娇滴滴地装清纯:
"我的狗儿子,我的狗孙孙,
你比我爹妈还要亲。
没你我一天活不了,
有你我活得那么有精神。
你是我的肝,你是我的心,
你是我的一切,你是我的根。
咱们俩好,咱们俩亲,
咱们俩相爱到如今。
谁要把我俩来拆散,
豁出去我和他火拼。
咱是姑亲辈辈亲,
砸折了骨头还连着筋呢!
(白)这都什么辈儿呀!
俗话说嫁鸡随鸡嫁狗随狗,
干脆咱俩就结婚。
结不成我也豁出去,
这一辈子是单身。
除非你死了,
我才考虑再嫁谁。
对啦!她想嫁,
哪个男的敢娶这个女人呢!
俗话说"狗能通人性",
依我看人通狗性也挺真的。
为狗她常和人打架,

打遍了小区和四邻。
跟狗打架她敢咬狗,
更甭说吵嘴她和人。
她连抓带咬跟狗滚,
谁见这架势全都晕。
加上她穿着一身狗皮大衣毛朝外,
跟狗滚起来也分不出哪个是狗？哪个是人？
她养这狗倒挺温顺,
夹着尾巴那一蹲。
看他们打的真玩命,
浑身上下血淋淋。
见主人咬狗那叫狠,
心里说：最狠不过女人心。
这姑娘从地上爬起来气得真够呛,
冲着那狗一通训。
我好吃好喝养着你,
关键时你不帮主人。
你瞧你都胖成什么样啦,
肥头大耳身子沉。
连小偷你都追不上,
更甭提让你抓坏人啦。
我养你还有什么用,
不如趁早滚出门。
姑娘就这几句话,
那狗翻脸不认人。

张着大嘴扑过去，
差点咬掉姑娘上嘴唇。
把姑娘吓得真够呛，
悔恨自己太痴心啦。
她说到："我这叫什么人就养什么狗，
什么狗就专咬什么人。"
并不是我说话损，
跟狗不能太亲近。
再好的狗它也是狗，
是狗终究不是人。
人是人，狗是狗，
不能人狗都不分。
为什么有的人这样，
您自己分析找原因。
我说的不见得全都对，
听完了您也别认真，
更别自己来对号。
我一说那姑娘你别舔嘴唇，
咱们台下没有这种人。
只要您开心这么一笑，
神马（什么）全都是浮云。

原载《曲艺》2011年第4期

祸　根（数来宝）

甲：（配曲《有一个美丽的传说》，唱）
　　有一个古人这样说，
　　有钱就能使鬼推磨。
　　只要你有了钱那就阔，
　　他要是没钱可就没了辙。
　　只要你懂得钱的珍贵呀，
　　山高路远，也要获得。
　　想办法，勤琢磨，
　　赶快捞钱别闲着。
　　只要把钱抓到手，
　　日子越过越快活……

乙：（白）行啦，别唱啦。

甲：（白）我唱得好好的，你拦我干什么？

乙：不是我把你拦，
　　你怎么张嘴就是钱。

甲：您这个人这么大岁数算白活，

现如今，谁兜里没钱也没辙。

要说还得是我老叔，

净给我把高招出。

乙：（白）你老叔？

甲：（白）没见过？我老叔长得胖乎乎，

短胳膊、短腿、脑门秃。

乙：（白）什么模样啊！

甲：他退休以后没事干，

整天琢磨把钱赚。

那一天，他把我叫到他屋里，

对我说："老叔我最喜欢你，

你小子从小胆就大，

天不怕，地不怕，

骂你娘，踹你爸，

敢和警察去打架。"

乙：（白）嚯！整个一混小子。

甲：老叔有话对你说，

我托人买辆二手车。

我心脏病、血压高，

开车任务你得挑。

你开车，我放心，

赚钱咱俩对半分。

把钱交我你别管，

老婶给你存着款。

再给你介绍一个好对象，

你瞧我这个主意怎么样？

乙：（白）不怎么样。

甲：（白）什么叫不怎么样啊。

乙：你老叔满脑瓜子净为钱，

　　你跟他干我看悬。

甲：你这人思想不对头，

　　如今谁和钱有仇。

　　这年头可别犯傻，

　　得捞一把就捞一把哟！

乙：别说捞钱就高兴，

　　开车你考了驾驶证了吗？

甲：（白）什么驾驶证？

乙：（白）就是你经过考核、国家发给你的那个驾驶本，你有吗？

甲：（白）没有，虽然我没有驾驶本儿，

　　可是开起车来咱有准儿。

乙：你别嘴上说得很精通，

　　开车遇事准发懵。

　　交通法规特别严，

　　你不能忽视法律只看钱。

甲：别和我讲这大道理，

　　谁不图利谁早起。

　　开车我不在北京转，

　　外地搞运输最方便。

乙：（白）你到哪开车没本也不行。

甲：我根本不听你这套，

　　开着汽车就上了道。

　　今甘肃，明新疆，

　　化肥水泥车上装。

　　去广东，上邢台，

　　瓜果海鲜拉回来。

　　去苏州，蹽遵义，

　　送煤外带捎电器。

乙：（白）你还挺忙活。

甲：白天跑，夜里蹽，

　　一个月赚了二万三，

　　老叔老婶把我夸。

　　买海参，买对虾，

　　老婶拿出五千块，

　　让我买身西服和领带。

　　老叔给我许了愿，

　　再赚钱给我弄台200寸大彩电。

乙：（白）有那么大的彩电吗？

甲：（白）还没出呢！

乙：（白）你没有本儿把车开，

　　早晚准把跟头栽。

甲：这话让您说得准，

　　我这个跟头摔得狠。

乙：（白）出事了吧？

甲：啊！谁知道新买的西服还没穿，

甲：卡车就往沟里钻。

还没看上大彩电，

我们全都进医院啦！

那惨劲就别提了！（边说边哭）

乙：（白）先别哭，怎么回事你说说。

甲：那一天，北风刮得特别大，

风过后，大雪片子不住下。

有好几宿没睡觉，

那两天又得了重感冒。

我脱鞋上床钻被窝，

干脆今天不出车。

乙：（白）有病就该休息。

甲：我拉开被子刚要躺，

就听老叔把我嚷。

乙：（白）你生病了，他叫你干什么？

甲：只见他晃晃悠悠挤进门儿，

胖脸蛋子上露笑纹儿。

"这么早就睡啦，狗子？"

乙：（白）这"狗子"是谁呀？

甲：我小名叫"狗子"。

"老叔我知道你很累，

要说累不累，想想旧社会。

老叔也明白你辛苦，

要问苦不苦，还得学学红军二万五。"

乙：（白）这都挨得上吗？

甲：今晚咱们去新乡，

　　知道吗，市里猪肉很紧张。

　　新乡有你三表舅，

　　专门在那倒猪肉。

　　他嘴能说，脸皮厚，

　　人送外号"窝里臭"。

乙：（白）你们这都什么亲戚呀！

甲：今天咱到那就找他，

　　先弄上几千咱们花。

　　说着话，老叔从怀里掏出一瓶酒：

　　"外面冷，先暖暖身子来两口。"

乙：（白）你喝了吗？

甲：我一见酒，不怠慢，

　　抄起酒瓶往下灌，"咚咚咚咚"……

乙：你老叔这人可真坏，

　　这酒就能把你害。

甲：喝完酒我有精神儿，

　　开上汽车就接人儿。

　　接表舅，带老叔，

　　捎着老婶去拉猪。

　　到那一看发了愁，

　　那群猪有三十头。

　　有头猪个头大，

　　槽帮太矮装不下。

乙：（白）那怎么办呢？

甲：当时我脑子一转轴儿，

　　把肥猪塞进了驾驶楼儿。

乙：好嘛，他又弄了这么个副司机。

甲：我又找来几根粗麻绳，

　　又是捆来又是拧。

　　上三道，下三道，

　　前后左右来回绕。

　　把猪勒得"嗞嗞"叫，

　　一着急，冲我身上撒泡尿。

乙：（白）嚯！瞧这热闹。

甲：表舅老婶和老叔，

　　坐在车后扶着猪。

　　我发动车，挂上档，

　　晃晃悠悠开往屠宰场。

乙：（白）酒后开车危险多，

　　千万小心别翻车。

甲：我双手紧握方向盘，

　　两眼瞪得滴溜圆。

　　（向乙）圆吗？

乙：（白）就你这小眼睛还圆呢？！

甲：那肥猪坐我身边挺得意，

　　"呼哧""呼哧"喘着粗气，

　　缩着脖儿蜷着爪儿，

　　冲我笑着眯着眼儿，

　　心里说："这司机模样比我强不了多一点儿。"

乙：（白）好嘛，他都跟猪一个模样啦。

甲：往前开，直犯傻，

看什么东西都像俩。

乙：（白）啊！酒劲上来啦！

甲：我加大油门往前蹿，

车屁股一劲往起颠。

左右摇摆直画龙，

车头斜着向左行。

乙：别着急，稳住神儿，

赶快往右紧打轮儿。

甲：对！我右打轮，狠用劲儿，

心中越急越坏事儿。

手忙脚乱胡乱蹬，

车速一劲往上升。

乙：（白）踩刹车呀！

甲：我踩了半天车不停，

刹车已经失了灵。

乙：（白）快拉手闸。

甲：拉手闸，不费事儿，

抓住闸把儿猛用劲儿，

就听"嗞"的一声叫……

乙：（白）车停了。

甲：哪儿啊，把猪尾巴给拽掉了。

乙：（白）啊？

甲：就听得，"咣当、哗啦、噼里、啪嚓、

噗通、呱嗒、龇哟、哇呀、
哎哟、妈呀"连声叫，
摔得我什么都不知道了。

乙：（白）你都摔晕啦？

甲：啊！我在沟里翻了车，
撞倒了路旁树几颗。
迷糊糊远处有人喊，
爬过去一看傻了眼。
老婶摔得可真惨，
让树杈子刮去半拉脸。

乙：（白）啊！你怎么样？

甲：我倒没有老婶重，
腮帮扎了两个洞。
脖子梗着不能窝，
胸脯鼓出个前罗锅。

乙：（白）表舅呢？

甲：就数表舅摔得狠，
可能平时嘴太损。
也不知道怎么那么准，
他抱着母猪正接吻。
让槽帮砸折一条腿，
被母猪啃成三瓣嘴啦。

乙：（白）好嘛！改兔子啦。

甲：当时急得我直哭，
爬起来赶快找老叔，

四下看，黑乎乎，

就听身旁喘气粗，

一摸脑门还挺秃，

我还以为是老叔，

仔细一瞧是头猪。

这真是老叔带我去拉猪，

摔了肥猪和老叔。

也不知是车后面坐着的脑门秃的爱打呼噜的胖乎乎的我老叔没有扶住那后槽帮里趴着的小眼珠的喘气粗的肥嘟嘟的老肥猪，还是后槽帮里趴着的小眼珠的喘气粗的肥嘟嘟的老肥猪用嘴拱倒车后面坐着的脑门秃的爱打呼噜胖乎乎的我老叔。

肥猪压着我老叔，

老叔搂着老肥猪，

满脸都是血乎乎，

也分不清哪个是肥猪哪是叔。

乙：（白）你还说绕口令呢，快救人吧！

甲：我搬肥猪狠用劲，

见老叔躺那不动地儿，

腆着肚子真够份儿，

张开大嘴喘粗气儿，

当时我心里很纳闷儿，

哟！怎么老叔"吧嗒""吧嗒"掉眼泪儿？

乙：（白）噢！你老叔后悔啦。

甲：（白）我说：叔啊，您倒是说话呀！

乙：（白）你叔说了吗？

甲：只见他把我拉到他跟前，
　　轻声轻语把话谈。
　　"'狗子'别哭别害怕，
　　我摔的问题不算大。
　　把老叔放这你别管，
　　快看看肥猪短不短。
　　只要猪在就好办，
　　死猪照样把钱赚。"

乙：（白）还赚呢！

原载《曲艺》1988年第9期
（与陈振琪共同创作）

我拿下来（数来宝）

乙：走上台，心欢喜，

　　竹板打起上下翻。

甲：先别打，先别唱，

　　你脸模样真够呛。

乙：（白）我脸模样怎么啦？

甲：你瞧你头发稀少秃脑门儿，

　　额头上边净皱纹儿，

　　长了一脸双眼皮儿，

　　死眉塌眼没精神儿，

　　就好像丢了魂儿，

　　一瞧你就不是好人儿。

乙：（白）你才不是好人呢。

　　这叫怎么说话呢？

甲：别生气，别激动，

　　我是说你有了病。

乙：（白）我有什么病？

甲：你这个病可不轻，

　　有个瘤子长在左脑正当中。

　　一天一天在长大，

　　向外鼓着挺可怕。

　　是良性，是恶性，

　　现在不好作确定。

　　只能开颅作切片，

　　才知道扩散不扩散。

　　是良性，也得摘，

　　赶上恶性你活该。

乙：（白）这叫怎么说话呢？

甲：我劝您别再演啦，

　　快到我们医院去体检。

　　现在我给你就开单儿，

　　马上去照 X 光片儿。

　　然后做 B 超和 CT，

　　核磁共振要查细。

　　抽出血，做化验，

　　浑身哪都查一遍。

　　做完检查出结果，

　　拿着那些来找我。

　　为把病情判断准，

　　专家对你来会诊。

　　一旦统一方案有，

　　看看怎么对你来下手。

乙：（白）什么叫"下手"？

甲：（白）这是我们行话，

就是定下做手术，简称"下手"。

乙：（白）等会吧，我怎么越听越害怕，

哎，你是干什么的？

甲：你这和我开玩笑，

连我你都不知道。

咱在医界名气高，

全都叫我"二把刀"。

乙：（白）"二把刀"哇！不怎么样，

真正好的叫什么"张一刀""李一刀"，

你怎么"二把刀"哇？

甲：（白）我不是比"一把刀"还多一把吗？

乙：（白）说这么半天，原来你是位外科名医？

甲：名不名医不敢说，

反正开刀手术多。

开刀多，有经验，

世界各地哪儿都转。

乙：（白）经常出国，都上哪儿啊？

甲：今"河北"，明"河南"，

有时开刀也……

乙：（白）河北、河南那是外国吗？

甲：（白）是呀，美国密西西比河的北边，简称"河北"。

乙：（白）"河南"呢？

甲：（白）我老家蓝色多瑙河南边，"河南"。

乙：（白）哦，这么个"河南"。

甲：今"河北"，明"河南"，

　　有时开刀也挺悬的。

乙：（白）开刀还有危险？

甲：（白）没危险能让家属签字吗！

　　眼要快，刀要准，

　　尤其下手要特狠。

　　动作麻利可得快，

　　一刀就得捅要害。

　　捅准了当时就不动，

　　捅不准它跟你玩命。

　　扔下刀，赶快跑，

　　让他追上不得了。

　　大嘴叉子挺老厚，

　　"咔嚓"咬你一块肉。

　　咬住他可就不撒嘴，

　　你说后悔不后悔哟！

乙：（白）行啦！

　　你是杀猪还是给人开刀哇？

甲：你爱怎么说就怎么说，

　　反正意思差不多。

乙：（白）差远了，人和猪能一样吗？

甲：你这个人净抬杠，

　　人和猪怎么不一样？

　　猪的猪脚叫猪蹄儿，

人两脚穿黑皮鞋就和猪蹄差不离儿。

人的胳膊长得胖，

一弯就是猪肘棒。

我和猪，很亲密，

我专爱拿猪作比喻。

乙：（白）没这么比的。

甲：你不让比咱不比，

听我给你透个底。

乙：（白）什么底呀？

甲：说现在，讲从前，

动刀我们家是祖传。

个个身手都不凡，

据听说传了不少年。

翻开家谱追溯源，

我们家还和一位历史名人有牵连，

他有背景，有根基，

名气大，不吹嘘，

论动刀，数第一，

知道吗？我们外祖父的外祖父的外祖父的外祖父的外祖父……

乙：（白）是谁呀？

甲：就是鲁达拳打郑关西。（镇关西）

乙：（白）杀猪的恶霸呀！

甲：是什么根本不重要，

现在不讲这一套。

别管好坏有一号，

反正大家都知道。

传到我这也没断，

一直开刀在医院。

凭着这把手术刀，

生活质量就是高。

花钱随便如流水，

小日子过的那叫美。

别的话，先不说，

光我们孩子才小学一年级，

每月零花钱三千多。

乙：（白）你给他那么多钱干什么呀？

甲：（白）你管的着吗？

我有钱，我任性，

钱花完了我去挣。

开刀赚钱我玩命，

什么手术我全动。

病人越多越高兴，

有钱全往我这送。

我盼着大家都有病！

乙：（白）你什么心思，

你还有没有医德？

甲：什么医德不医德，

谁给钱我对谁负责。

为挣钱，我的手术特别忙，

  顾不上老婆、孩子、丈母娘。

  病人说我热心肠，

  病人说我人善良，

  争着都把我表扬。

乙：（白）怎么说的？

甲：全都管我叫"白狼"。

乙：（白）知道"白狼"是什么意思吗？

甲：（白）就是穿白大褂的狼，这不是好词吧？

乙：（白）"白狼"是讽刺你呢！

甲：他们爱怎么说都可以，

  反正挣钱才是硬道理。

乙：（白）"白狼"是骂你呢！

甲：让他们说让他们骂，

  我听了一点不害怕，

  我们德国有句老俗话，

  不挨骂就长不大。

乙：（白）那是你们德国俗话吗？

甲：钱多了有时也不顺，

  今年我就不走运。

乙：（白）怎么回事？

甲：那一天有个姑娘找我来美容，

  让我开刀做整形。

乙：（白）干什么找你呀？

甲：因为我是老外，

  身材高大挺有派，

风流倜傥透着帅，

　　　姑娘对我很崇拜。

乙：（白）姑娘哪不好？

甲：姑娘那儿都长得好，

　　　就是一只眼大、一只眼小，

　　　眼大的像个鸽子蛋，

　　　眼小的迷成一条线。

　　　我一瞧，心高兴，

　　　劝她快把手术动。

乙：（白）对，赶快作手术。

甲：为了打消她的顾虑，

　　　我告诉她，手术要分几个程序。

乙：（白）这手术还挺复杂，

　　　你说说，都什么程序？

甲：第一，用刀把眼皮给割开，

　　　第二，把眼小的眼皮往外掰。

　　　第三，把眼大的皮往下拽，

　　　千万注意别拉坏。

　　　第四，定好位用线缝，

　　　关键就是这个流程。

　　　缝合一定要高水平，

　　　才保证不感染不化脓。

　　　这手术含金量很高，

　　　费用自然得多掏。

乙：（白）这姑娘同意吗？

甲：姑娘回答很干脆，

　　爱美我就不怕贵。

　　花多少钱无所谓，

　　只要做好就OK。

乙：（白）这姑娘还真痛快。

甲：我一瞧，这姑娘肯花钱，

　　立即手术别拖延。

　　手术做的挺顺利，

　　我个人觉得挺满意。

　　一个星期后，姑娘找我来拆线，

　　对着镜子这么一看——

乙：（白）怎么样？

甲：手术做的没问题儿，

　　两眼大小差不离儿。

乙：（白）不错呀？

甲：仔细一瞧下眼皮儿，

　　怎么往外鼓着像肚脐儿。

乙：（白）啊！你给人开成俩肚脐眼儿啦。

　　你这是医疗事故，你要负责任的，

　　再说姑娘能干吗？

甲：姑娘说什么也不干，

　　偏要起诉到法院。

　　我一瞧，真害怕，

　　这下我的责任大。

　　当时头皮都发炸，

　　　　浑身哆嗦牙打架。

　　　　两腿发软不听话，

　　　　走道全都拉拉胯。

乙：（白）那管什么用啊。

甲： 人要倒霉想躲全都躲不掉，

　　　　他们一查，说我行医没有照。

乙：（白）哦！你还是非法行医呀？

甲： 唉！让人抓住认倒霉，

　　　　我这叫破鼓乱人捶。

　　　　让人拿下彻底完了，

　　　　甭想开刀再赚钱啦。

乙：（白）还赚呢！

原载《曲艺》2010 年第 7 期

我要出名（数来宝）

乙：走上台，心花放，
　　打起竹板咱俩唱。

甲：咱俩唱，那也行，
　　我什么时候能出名？

乙：什么时候不好说，
　　先唱别考虑那么多。

甲：不出名我唱什么劲儿，
　　我才不跟您瞎费事儿呢！

乙：（白）什么叫瞎费事儿！
　　你要想出名也可以，
　　必须练出好功底。

甲：（白）行啦！您的功底倒挺深，
　　混这样我都替您直伤心。

乙：（白）你替我伤什么心呢？

甲：就说您一辈子专心唱快板儿，
　　累得脸都变了色儿。

挣钱挣的不大点儿，

　　整个一个缺心眼儿。

乙：（白）谁缺心眼儿呀？

甲：您别不爱听别脸红，

　　快板全靠您繁荣。

　　您对快板有感情，

　　快板依仗您启蒙。

　　论写作您有才能，

　　论表演您高水平。

　　论功底，您最行，

　　论挣钱，您不灵。

　　唱快板的数您穷，

　　心里可别不平衡，

　　就因为您没混出名。

乙：（白）我要有名呢？

甲：有名早开上宝马车啦，

　　省得骑那辆破"飞鸽"。

　　都称您为快板表演艺术家，

　　那不是实的是虚夸。

　　挣不着钱也白搭，

　　那不是诚心蒙傻瓜嘛。

乙：（白）谁傻瓜啦？

甲：要是把您换成我，

　　把板劈了早烧火啦！

　　我跟您学唱快板算倒霉，

出不了名能怨谁？

乙：不想唱也别勉强，

　　　说半天你是想改行。

甲：这话算您说得对，

　　　省得我跟您活受罪。

乙：（白）你不唱快板干什么呀？

甲：我不唱快板进歌坛，

　　　当歌星出名又赚钱。

乙：别看人家歌星就眼红，

　　　改行唱歌你能成？

甲：（白）我怎么不成啊！

乙：你形象好嗓子倒是挺好听，

　　　就是吐字有点不太清。

甲：（白）老外了不是？！

乙：（白）咱俩谁老外呀？

甲：唱不清字是时尚，

　　　歌星们唱歌都这样。

　　　年轻人听的就这调，

　　　歌词根本不重要。

　　　我玩命唱劲头足，

　　　嗓子哑了唱通俗。

乙：（白）嗓子哑了还能唱吗？

甲：要的就是沙哑劲儿，

　　　越沙哑越有男人味儿。

　　　姑娘喊我很性感，

　　　　小伙子夸我有卖点。

　　　　老头听完不能动，

　　　　老太太直犯心脏病，

　　　　捂着胸口还一劲夸呢：

　　　　"小伙子，我听你唱歌像自杀啊！"

乙：我看你也不是唱歌的料，

　　趁早别再瞎胡闹。

甲：他们越这么说我越练，

　　非练出个模样让他们看。

　　我就不信我不成，

　　唱歌早晚得出名。

乙：（白）决心还真不小。

甲：我到处唱、到处跑，

　　出名的机会真难找。

　　谁要能让我出名，

　　我哭着跪着叫他"爸爸"全都行。

乙：（白）瞧把他给急的。

甲：有耕耘就会有收获，

　　选秀的机会真不错。

乙：（白）你参加选秀啦？

甲：对，那天演出真难忘，

　　我唱歌就在山顶上。

乙：（白）干嘛在山顶上啊？

甲：（白）巅峰之战！

　　舞台、灯光那叫好，

歌迷们来的也不少。

举着我的相片和横标，

满心希望热情高。

呼喊着：××必须不能败！

××必胜不能败！

我唱的是阿信的《死了都要爱》，

皱着眉闭着眼，

手拿话筒使劲喊，

到高音突然卡了壳儿。

多亏我的脑子活，

把话筒赶快冲观众："一起来！"

歌迷们一见高了兴，

替我唱，跟我动，

唱的比我还玩命。

唱完歌我舞台一跪往后仰，

歌迷们高声尖叫直鼓掌。

"××××我爱你……"

冲上台就和我拥抱，

又鲜花又拍照，

举着双手往上跳，

场面就数我火爆。

我看着歌迷一劲笑，

心里说："整个一群大'傻冒儿'哇！"

乙：（白）谁傻啦？！

甲：我挣他们钱他们还美，

这不是脑子进了水?!
　　　我人气高受欢迎,
　　　短信投票第一名。

乙:（白）有那么多人投你?

甲: 选秀不能光靠唱,
　　　还得要有新花样。
　　　有些话不能明着说,
　　　台下有我雇的托。

乙:（白）这也有托啊!

甲: 甭管怎样我出了名,
　　　都管我叫"山里红"。

乙:（白）"山里红"?

甲:（白）我不是山里唱红的嘛。

乙:（白）唉!这么个"山里红"。

甲: 我一出名没想到,
　　　我的手机都打爆啦!
　　　大报小报把我找,
　　　记者追得我直跑。
　　　又专访,又约稿,
　　　多家媒体争着炒。
　　　一天到晚特别忙,
　　　您瞧我头发都变黄了。

乙:（白）你原来也不是黑头发!

甲: 这下我可不得了,
　　　我都不知怎么好了。

乙：（白）还知道你姓什么吗？
甲：姓什么全都无所谓，
　　出名豁出不怕累。
　　名气大，价就贵，
　　包装讲究全方位。
　　网上千万别落空，
　　博客写得要生动。
　　做代言，拍广告，
　　只要请我我都到。
　　甭管沾边儿不沾边儿，
　　遇事别钻牛角尖儿。
　　聚人气，先别牛，
　　开始我先混脸熟。
　　天天露面人就火，
　　哪有演出哪有我。
　　我有名，全都要，
　　到哪演出哪火爆。
　　火爆场面多风光，
　　警察把我围中央。
　　前边呼，后边拥，
　　人山人海数不清。
　　人多了可得赶快躲，
　　没地我就进厕所。
乙：（白）你躲着干什么？
甲：让歌迷认出就遭殃了：

粉丝记者一大帮，
相机不停在闪光，
弄得我眼花瞭乱心直慌。
走不了，前后堵，
名人真是太辛苦！

乙：（白）那你还想出名？

甲：名人有苦也有甜，
有名才能多赚钱。
钱多了，多投入，
多投就为多铺路。
有了路，才能富，
富了还会更有路。
路子多了闲不住，
闲不住才有大收入。
投钱电视包栏目，
有栏目名气更巩固。
这样才是常青树，
火了谁也拦不住。

乙：（白）火大发了就糊啦！

甲：我有名什么都干，
过不了几天我"摸电"。

乙：（白）找死啊？

甲：（白）什么叫找死啊！
和你说你也不懂，
"摸电"就是拍电影。

乙：（白）拍电影叫"触电"。

甲：触电摸电的"触"和"摸"，

两字意思差不多。

另外还有几部电视剧，

导演争着叫我去。

乙：（白）你会拍吗？

甲：会不会咱先放一边儿，

关键咱混进这个圈儿了。

进了圈儿我就灵，

何况现在我有名。

有了名，那就行，

不行我也能拍成。

什么水平不水平，

哥几个混得有感情。

名人效益真灵验，

我不去导演都不干。

只要我能去报到，

铁定了我演男一号。

我说这话别不信，

你不认可人家认。

片酬给的还真高，

冲我多少钱都愿掏。

这下我可发大财啦！

金钱名利滚滚来。

我买豪宅买"大奔"，

春风得意多开心。

乙：（白）瞧把他美的。

甲：也不知我把谁得罪，
　　他们说我偷漏税。

乙：（白）你偷税漏税啦？

甲：偷税漏税不知道，
　　反正从来不申报。

乙：（白）那就是偷税漏税。

甲：什么偷税和漏税，
　　知道那么多有多累。

乙：（白）什么叫累呀，
　　偷税漏税是犯法，知道吗？

甲：知法犯法人才坏，
　　我不知道犯法人不坏。

乙：（白）没听说过。

甲：我怎么说他们也不干，
　　偏送我个请柬让我去法院。

乙：（白）那不是请柬，
　　那是法院传票不去不行。

甲：法庭上我说了半天人不服，
　　对方理由比我足。
　　说完把材料交法官，
　　我一瞧阵势全吓瘫。
　　法官当庭就宣判，
　　偷税判了一年半。

我不服提出要上诉,
　　记者们"呼拉"就把我围住。
　　闪光灯"叭叭"一劲闪,
　　镜头话筒对我脸。
　　我一瞧,心花放,
　　名人就是不一样。
　　虽然我被判了刑,
　　媒体一报我更有名啦!
乙:(白)还想出名啊。

原载《曲艺》2007年第7期

我要出名（数来宝）

甲：朋友们大家好！
　　我是来自英国的大牛，
　　今天我和我的老师……
乙：为您表演相声。
甲：不，为您表演英式数来宝。
乙：等会吧，哪又出了个英式数来宝哇？
甲：我创建的，我把您教我的数来宝介绍到我们英国，加上了本土的元素，巧妙地结合在一起并聘用英国绅士演唱的数来宝，简称英式数来宝。
乙：哦，和我们的数来宝一样吗？
甲：有一样的地方，也有不一样的。我先问问您，你们"数来宝"是哪三个字？
乙："数"就是数板的"数"，"来"是来往的"来"，"宝"就是财宝的"宝"。
甲：什么意思？
乙：一数快板就来了财宝了，有钱了。
甲：我们不是那个"数"。

乙：你们是哪个"数"？

甲：我们是老鼠的"鼠"，来回来去蹿的"来"，"饱"是吃饱的"饱"。

乙：你们是什么意思？

甲：就是老鼠一来我们就吃饱了。

乙：哦，你们靠耗子养活。你们这"鼠来饱"不怎么样。

甲：甭管怎么样，演出可特别受欢迎啦！演出在我们英国皇家大剧院举行。当天可隆重了，先由皇家乐队演奏国歌。（小号演奏国歌转天津快板曲子）

乙：等会儿吧，这是你们国歌呀？怎么还有天津快板的曲子呀？

甲：对呀，我们英国女皇访问过天津，最喜欢听天津快板的伴奏！没这曲子她不干呢。随着金色大幕徐徐拉开，随着乐曲两个风流倜傥的绅士，身穿黑白两道燕尾服走到舞台正中央，深鞠一躬，左手拿出小板，右手拿出大板，打出了A大调响板第三乐章序曲，呱叽叽呱叽叽呱，呱叽叽呱叽叽呱……

乙：行啦，说这么热闹就是数来宝开场板。

甲：对呀，英国老华侨高凤山先生说得好。

乙：高凤山先生去过你们英国？

甲：是呀，要不我跟谁学的?!

乙：高先生怎么说的？

甲：高先生说数来宝开场板各国都这么打。

乙：那不是和我们一样吗？

甲：唱就不一样啦，你听我唱唱：

　　It's Shulaibao in English style.

　　Whenever we play,

Prince Charles goes wild.

　　His Nostrils are the best of all.

　　One end is big and the other end's small！

　　我唱的好不好？

乙：好是好，可我一句没听明白。

甲：我这不还没用中文唱呢嘛。

乙：你快用中文唱吧。

甲：唱起英式数来宝，

　　查尔斯王子喜欢的不得了。

　　高兴得手舞又足蹈，

　　说自己鼻子长得好，

　　一头大来一头小，

　　我们英国词好不好？

乙：行啦，这"一头大来一头小"，是你们英国词吗？这是我们数来宝《棺材铺》的词。

甲：这叫中西合璧。

乙：什么叫中西合璧，你这叫胡闹、瞎改，你根本就不知道什么是快板的真谛。好好学，好好和我唱快板。

甲：跟您唱，那也行，您能保证我出名吗？

乙：你怎么老想着出名呀。

甲：多新鲜呢，不出名唱什么劲儿！我才不跟您瞎费事儿，拜拜吧您呐！

乙：你干什么去呀？

甲：唱我的英式数来宝，新鲜、有人听，能出名。

乙：你要想出名，必须练出好的基本功底。

甲：行啦，您的功底到挺深，

　　混这样我都替您直伤心呢。

乙：你替我伤什么心呢？

甲：哎哟！还不伤心呢，就说一辈子献身唱快板儿，

累得脸都变了色儿，

挣钱挣得不大点儿，

整个一个缺心眼儿。

乙：谁缺心眼儿？

甲：跟您唱快板算倒霉，

出不了名能怨谁。

乙：这么说，你不想唱快板儿？

甲：太对啦，没错。

乙：不唱快板，你干什么呀？

甲：我干什么不行，就凭我这模样不唱快板进歌坛，当歌星出名又赚钱。

乙：唱歌你行吗？

甲：我怎么不行，我比他们哪差啊？

乙：你嗓子还行，就是有点吐字不清。

甲：老外了不是？

乙：咱俩谁老外呀？

甲：吐不清字才时尚呢，

歌星们唱歌都这样。

年轻人听的就这个调，

唱什么根本不重要。

我伸着脖子使劲喊，

捶胸跺足闭着眼。

玩命唱，劲头足，

把嗓子喊哑唱通俗。

乙：嗓子哑了还能唱吗？

甲：要的就这个沙哑劲儿，
　　越沙哑才越有男人味儿。
　　姑娘们夸我很性感，
　　小伙子说我有卖点。
　　老头听完不能动，
　　老太太直犯心脏病。
　　捂着胸口一劲夸呢！

乙：怎么说的？

甲："小伙子，我听你唱歌像自杀呀！"

乙：行了，快别唱了。

甲：不唱哪行啊？！
　　我到处唱、到处跑，
　　出名机会太难找了。
　　谁要能让我出名，
　　我给您洗脚叫您"爸爸"全都行……爸爸呀……

乙：别叫了，这没你爸爸，你爸爸在英国呢，瞧把他给急的。

甲：有耕耘就是有收获，
　　选秀的机会真不错。

乙：你参加选秀啦！

甲：那天演出真难忘，决赛就在山顶上。

乙：干嘛在山顶上啊？

甲：颠峰之战嘛。
　　舞台华丽那叫好，
　　歌迷来的真不少。
　　他们举着我照片和横标，
　　满心期望热情高。
　　他们呼喊着"××必胜不能败"……

　　　　我唱的是《死了都要爱》。

　　　　（唱）"死了都要爱……"

　　　　到高音坏了，要卡壳，多亏我的脑子活。

乙：怎么办？

甲：把话筒赶快冲观众……一起来。

乙：让大家一块唱。

甲：歌迷们一见可高兴了，

　　他们跟我唱，随我动，

　　唱得比我还玩命，

　　唱完歌，我舞台一跪往后仰，

　　歌迷们高声尖叫直鼓掌，

　　"×××我喜欢你，×××我爱你！"

　　冲上台就把我拥抱，

　　又献花，又拍照。

　　举着双手往上跳，

　　场面就数我火爆。

　　我看着歌迷一劲笑，

　　心里说：真是一群"大傻帽"！

乙：谁傻呀？

甲：我人气高受欢迎，

　　微信投票第一名。

乙：有那么多人投你？

甲：选秀不能光靠唱，

　　还得要有新花样。

乙：什么新花样？

甲：有些事不能往外说，

　　台下有我雇的托。

乙：这也有托呀？

甲：我这一出名可没想到，
手机全都给打爆了。
大报小报把我找，
记者追得我直跑。
又采访，又约稿，
多家媒体争着炒。
一天到晚特别忙，
您瞧我头发都变黄了。

乙：对啦，你原来也不是黑头发。

甲：这下我可发了财，
金钱名利全都来。
赚钱了，赚钱了，
不知道怎么去花？
左手拿个诺基亚，
右手……

乙：瞧把他给美的呦！

甲：这下我可有了钱，
我带您上我们英格兰。

乙：到那干什么？

甲：到那唱英式数来宝，
都夸咱俩这对好。
一个年轻一个老，
一头大来一头小。

乙：又来啦！

（演出修改稿）

民俗奇观多风采（对口快板）

乙：竹板打，心里乐，
　　辞旧迎新把除夕过。
甲：过除夕，心激动，
　　连我这老外都高兴。
乙：你高兴，我纳闷儿，
　　我们过节有你什么事儿？
甲：我媳妇儿就是中国人儿，
　　咱是一个倒插门儿。
　　中国的春节我爱过，
　　告诉你姑爷可是上等客。
乙：这民俗你知道的还挺细，
　　难怪你是上门的洋女婿。
甲：对啦，要说民俗我门清，
　　咱是地道的中国通。
乙：中国通，那太好，
　　看来你知道的真不少。

甲：（白）那是！

乙：别骄傲，别满足，
　　今天咱就说民俗。

甲：中国民俗真不少，
　　各地的差异还不小。

乙：说起来诙谐又风趣，
　　听起来有根又有据。

甲：到处讲，到处说，
　　各地的民俗内容多。

乙：又顺嘴，又好听，
　　民俗奇怪数不清。

甲：数不清，别费力，
　　听我说说东北黑土地。

乙：（白）好啊！

甲：东北土地多肥沃，
　　大豆高粱真不错。
　　人参、貂皮、乌拉草，
　　土特产品可不少。
　　林海雪原关东外，
　　东北的汉子好实在。
　　东北流传十八怪，
　　皮袄皮帽大烟袋。
　　草坯房子篱笆寨，
　　窗户纸，糊在外。
　　烟囱砌在山墙外，

索勒杆子戳门外。
　　反穿皮袄毛朝外，
　　幔帐挂在炕沿外，
　　两口子睡觉头朝外。
　　要吃饭，有气派，
　　先摆上四个压桌菜——
　　葱酱蒜加咸菜，
　　大口喝酒多豪迈。
　　大姑娘豪气在，
　　个个叼着大烟袋。
　　说出话多爽快，
　　心地善良人不坏。
　　狐狸皮帽头上戴，
　　百褶皮鞋脚上踹。
　　大皮袄一裹拴腰带，
　　马拉爬犁跑得快。

乙：听你说的真不赖，
　　看来你这老外不"老外"。
　　西域边陲地辽阔，
　　新疆风光更不错。
　　有湖泊，有沙漠，
　　奇山奇脉有特色。
　　小伙子长的帅，
　　姑娘们美丽又可爱。
　　传说也有十八怪，

姑娘漂亮不怕晒，
拿着鞭子谈恋爱。
胶鞋套在皮靴外，
裙子穿在长裤外。
古丝道上地名怪，
井底全部连起来。
风吹石头砸脑袋，
高温四十说凉快。
美玉泡酒酒香醇，
瓜果飘香吸引人。
大盘鸡里拌"皮带"，
吃的烤馕像锅盖！

甲：（白）嚯，够大的。
你说完新疆我说云南，
那里是四季如春大花园。
玉龙雪山多雄伟，
西双版纳风景美。
多民族祖居在山寨，
云南也有十八怪。
一年四季同穿戴，
摘下草帽当锅盖。
鸡蛋用草串着卖，
石头长到云天外。
丈夫们听话又实在，
男人就把娃娃带。

云烟美名传海外，
竹筒能做水烟袋。
蚂蚱能当下酒菜，
过桥米线人人爱。

乙：关中秦川八百里，
盛产小麦真无比。
千年文物随手捡，
您到那甭提开眼了。
老陕吃饭饭碗大，
面条菜肴全盛下。
一碗好像一大盆，
看他们吃饭都吓人。
只因为，面条宽得像腰带，
烙出大饼赛锅盖。
辣子也是一道菜，
羊肉泡馍大碗卖。
庄稼汉脑袋不一般，
睡觉专爱枕块砖。
说又提神又醒脑，
清凉降火效果好。
妇女手帕头上戴，
防风、防雨又防晒。
能擦手，能擦汗，
想包点零碎都方便。
包饺子，闹元宵，

新春佳节热情高。

秦腔、眉户唱一宿，

不是唱戏那叫吼。

吼的声音还挺大，

撕心裂肺头皮炸，

声音沙哑像吵架，

胆子小的听着直害怕，

捂着耳朵还想听，

展现出浓郁的西北风，

听戏的随着节奏跺着脚，

都夸这秦腔唱得好。

又过瘾，又解气，

老陕全爱听这戏。

（白）好的很嘛！

甲：一个地方一个民俗，

　　各地民众都满足。

乙：这个怪，那个怪，

　　有的见怪真不怪。

甲：这个怪，那个怪，

　　有的现在不存在。

乙：这个怪，那个怪，

　　怪就产生那个年代。

甲：这个怪，那个怪，

　　民众喜欢民众爱。

乙：这个怪，那个怪，

民俗之花开不败。

甲：这个怪，那个怪，
　　　美育传说千万代。

合：民俗之花开不败，
　　　代代相传云天外。

原载《曲艺》2008年第4期

（与王大胜共同创作）

无数美景在北京（群口快板）

合：雄伟古都北京城，
　　苍松翠柏晚霞红。
　　古迹名胜添异彩，
　　名扬五洲飘四海。

丁：讴歌一曲颂北京，
　　美景秀丽数不清。
　　我北京生北京长，
　　唱北京那得听我讲。

丙：悠久的文化灿烂无比，
　　唱北京不能先是你。
　　我祖居京城不少年，
　　论说北京我得谈。

乙：古都神韵展新貌，
　　你们在我面前别骄傲。
　　文明历史很悠久，
　　谈古论今我拿手。

甲：京都的美景得天独厚，

　　我了解的比较透。

　　众多景点我都熟，

　　我工作就是搞导游。

乙：看起来咱们了解北京都很多，

　　那咱就一个一个接着说。

甲：为使舞台画面更好看，

　　一人说三人为他把舞伴。

丙丁：（白）好哇，谁先说呀？

乙：（白）（指丙）让他先说。

合：（白）行啊！

丙：你们仨风格可不低，

　　那我就来说说"居"。

甲：你说车，我说炮，

　　然后再卧槽把马跳。

丙：（白）咱俩下象棋呢？

　　我说的"居"是名人故居的"居"。

甲：（白）哦，故居的"居"呀。你说吧。

丙：要说"居"，就说"居"，

　　每个美景都带"居"。

　　有毛主席故居，宋庆龄故居，

　　徐特立故居，李大钊故居，

　　郭沫若故居，李四光故居，

　　康有为故居，张自忠故居，

　　谭嗣同故居，龚自珍故居，

蔡元培故居，纪晓岚故居，
梅兰芳故居，程砚秋故居，
余叔岩故居，曹雪芹故居，
施恩山故居，沈家本故居，
林白水故居，尚小云故居，
荀慧生故居，郝寿臣故居，
欧阳予倩故居，田汉故居，
老舍故居，鲁迅故居，
茅盾故居，蔡锷故居，
还有那有名的酱菜六必居。

合：（白）酱菜也算呀？

丙：（白）是"居"就算。

丁：你故居说的还真全，
那你们听我说说"园"，
有中山公园，颐和园，
北海公园，大观园，
景山公园，动物园，
香山公园，圆明园，
爱犬乐园，植物园，
静明园，静宜园，
镜春园，畅春园，
绮春园，近春园，
长春园，德和园，
谐趣园，朗润园，
环谷园，南官园，

芥子园，承泽园，

　　　还有那有名的饭庄丰泽园。

甲：（白）饭庄也算呀？

丁：（白）许他说酱菜，就允许我说饭庄。

乙：你说的挺好别急躁，

　　　这回我来说说"庙"。

　　　要说"庙"，就说"庙"，

　　　我每句话里都有"庙"。

　　　有黄庙，有红庙，

　　　有孔庙、太庙和文庙，

　　　关帝庙、关岳庙，

　　　东岳庙、中顶庙，

　　　三官庙、昭星庙，

　　　倒座庙、玉皇庙，

　　　龙王庙、药王庙，

　　　大王庙、花王庙，

　　　河神庙、九神庙，

　　　财神庙、窑神庙，

　　　真君庙、灶君庙，

　　　王道庙、王门庙，

　　　二郎庙、四郎庙，

　　　凝和庙、永佑庙，

　　　吕祖庙、张堪庙……

　　　你说我说的妙不妙？

丙：（白）妙！（学猫叫）

乙：（白）猫哇？

甲：有庙的地方准有寺，

　　我句句不离"寺"这字。

　　北京的寺如天上星星一样多，

　　我专挑你们不知道的说一说。

合：（白）还有我们不知道的！

甲：（白）当然有啦。

合：（白）那你快说吧。

甲：有红螺寺、石佛寺，

　　铁瓦寺、磨碑寺，

　　凤翔寺、圣水寺，

　　法海寺、弘恩寺，

　　柏林寺、双林寺，

　　西峰寺、西禅寺，

　　妙云寺、净业寺，

　　净海寺、宝应寺，

　　宝藏寺、宝峰寺，

　　宝禅寺、福佑寺，

　　福惠寺、长乐寺，

　　长春寺、兴善寺，

　　广善寺、广慧寺，

　　善果寺、延寿寺，

　　寿明寺、嘉兴寺，

　　隆长寺、莲花寺，

　　拈花寺、龙泉寺，

双泉寺、嵩祝寺，

　　智珠寺、贤良寺……

　　你听我说的这些"寺"，

　　比你"庙"说的次不次？

乙：就凭你说的这样熟，

　　我确信你是个好导游。

丙：北京的美景和容貌，

　　还有很多很多没说到。

　　多少宫亭和祠院，

　　多少楼阁和堂殿，

　　多少馆门和城观，

　　多少墓碑和山涧。

丁：立交桥四通八达真无比，

　　奥运场馆拔地起。

　　高楼大厦如林立，

　　四合院内有情趣。

　　迷人的京剧真独道，

　　民俗民风展新貌。

　　精湛的美食和烹调，

　　众口称赞好佳肴。

甲：众多博物馆，人民大会堂，

　　天安门城楼雄伟壮观金碧辉煌。

　　故宫、天坛、万里长城，

　　象征着中华巨龙在飞腾。

乙：忆往昔，统治阶级太腐败，

有多少美景遭破坏。

　　看今朝，在党和政府的关怀下，

　　古都北京在变化。

　　有多少名胜得保护，

　　又有多少古迹在修复。

　　为使古都更绚丽，

　　还有许多景点在开辟！

甲：美景似鲜花齐开放，

　　我们尽情欢歌尽情唱。

　　无限的情趣和雅性，

　　犹如梦幻入仙境。

乙：仙境美，心儿醉。

丙：八方宾客来相会。

丁：微笑伴您一路行，

　　愿北京为您洒下一片情。

合：对，微笑伴您一路行，

　　愿北京为您洒下一片情！

原载《曲艺》1993 年第 10 期

（与李继承共同创作）

校园趣事（快板）

我的名字叫窦包，
个头长得不太高。
别看我的个头小，
粉丝倒是真不少。
身材精悍很难找，
他们全都夸我好。
一般人，比不了，
咱还是个小领导。
官大官小不在意，
说明咱有凝聚力。
我是头儿，他们是兵，
我说出的话他们都听。
是我的兵跟我走，
我们是同班好朋友。
四个人，一屋住，
睡的都是上下铺。

宿舍宽敞真明亮，
简朴大方又时尚。
四个人模样差不离，
个头高矮一般齐。
青春时尚肩靠肩，
一样的T恤身上穿。
一样都戴着棒球帽，
一样都穿着蓝外套。
一样的表情在微笑，
一样的酷劲想不到。
一样都穿着牛仔裤，
一样都绣着"流氓兔"。
四个人，一样帅，
帅得甭提多可爱。
特别可爱特别乖，
都说我们是四胞胎。
有幅照片挂墙上，
四个人长得都很像。
上面写着一行字，
我们就是F4。
四个人，都属猴，
共同爱好打篮球。
打篮球，我最牛，
最拿手投三分球。
我抢球快、传球准，

尤其扣篮特别狠。
我要能出国不是吹，
到那我早进了 WC 啦。
我说真的您别笑，
姚明在哪打球谁不知道哇！

乙：（白）WC 呀！

甲：（白）哦，那是 NBA 呀！
NBA，我知道，
这是跟您开玩笑。
那天我们又比赛，
那球邪性真叫怪。
一上场，就不怵，
对方高，我们打的下三路。
同学们一旁来助阵，
我们越打越来劲。
四个人把五个打，
不一会儿把他们都打傻。
我低着头腰一弯，
找着空当往前钻。
动作敏捷不一般，
就像耗子往上蹿。
左摇右晃还真行，
对方当时乱了营。
怎么封堵全不成，
打了对方九比零。

后来对方稳住神儿,
采取战术人盯人儿。
加强进攻还真灵,
没一会儿就追到九平。
我一看,是平局,
当时心里可真急啦。
眼看比赛时间到,
领先优势已丢掉。
我带着球往前上,
左边摇,右边晃。
一边晃,一边冲,
晃得脑袋有点蒙。
离结束还有五秒钟,
看见篮筐我就扔。
远远就投进了三分球,
心里高兴那叫牛。
球落结束哨声响,
洋洋得意地上躺。
爬起来一看直发晕,
怎么对方赢了我们三分?
哎哟!这球简直没法玩啦,
原来我投进自己篮儿啦。
这场比赛输了球,
四个人全都低着头。
汗流浃背回宿舍,

无精打采都不乐。
输球全是我的错,
我得将功来补过。
想个主意那叫好,
我请他们三人去洗澡。
他们一听来了神儿,
就好像换了一个人儿。
抄起了毛巾肥皂洗脸盆儿,
说说笑笑走出门儿。
争先恐后往前蹿,
"噌"地冲进洗澡间。
进了浴室把衣脱,
打开喷头使劲搓。
喷头流水"哗哗"响,
冲到身上那叫爽。
边说边笑打肥皂,
抹了一身肥皂泡。
肥皂泡,打满身,
从头一直到脚跟。
白绒绒的像羽毛,
四个人对着互相瞧。
越瞧越高兴心里美,
想冲时突然没了水。
门外原来贴了公告,
十点停水修管道。

我们进门打打闹闹都没看，
您说还能把谁怨？
赶上这事真扫兴，
大眼就把小眼瞪。
当时四人全都愣，
现在说什么也没用。
直挺挺地站一排，
只好等着水再来。
等了半天没指望，
心里急的真够呛。
干着急，也没辙，
一会儿走开一会儿合。
探着身子伸着脖，
心里念着"阿弥陀佛"。
四个人手拉手，往外挪，
跳起了八脚"小天鹅"。
后来这事成笑谈，
校园内外到处传。
赶上这两件事都不顺，
心里甭提有多郁闷啦。
只要郁闷我就唱，
我和他们不一样。
越唱心里越兴奋，
唱的是周杰伦的《双节棍》。
我们八零后的年轻人，

全都喜欢周杰伦。
偶像的歌我爱听，
爱得全都发了疯。
天天模仿下苦功，
好在歌词听不清。
我着了魔入了迷，
耽误了功课和学习。
到期末每门都补考，
补考成绩还挺好。
他们有说还有笑，
我唱累了想睡觉。
拿起枕头往后扔，
倚在床头把歌听。
听着听着入了神，
眼前出现了周杰伦。
他站在台上把歌唱，
歌迷都挥舞荧光棒。
我三步两步冲上台，
手捧着鲜花对着偶像来表白：
"周董您的歌我爱听，
您就是音乐的龙卷风。
龙卷风，特别大，
您的粉丝满天下。
模仿您，我拿手，
现在我就跟您走。"

周董一见笑呵呵,
用自己的歌声对我说:
"小朋友是否有自己的风格,
你是否有自己招牌的动作。
你未来的路你爸妈比我更清楚,
所以你应当多听他们的建议。
对了,你还应该用功读书,
'用功读书'一定从你自己嘴巴说出。
代我问候你的父母,
祝他健康快乐。
健康快乐一定要听我写的歌,
那样的生活才会更精彩,
那样的心情才会更愉快。
听妈妈的话才能保护她。"
我还要继续跟他说,
周杰伦转身上了车。
急得我,真够呛,
就是不让他把车上,
使劲拉住他的手,
死活我也不让走。
就听有人大声喊:
"先别睡了睁睁眼!
你这人睡觉可倒好,
干什么使劲拽我脚?"
睁眼一看我也笑,

原来我做梦正睡觉呢。

虽然做了一场梦,

心里还是很高兴。

偶像的话记心中,

勤奋学习下苦功。

课上课下都认真,

还拿到一等奖学金。

手捧着奖状多精神,

还得感谢周杰伦。

新年学校大联欢,

我打起竹板上下翻。

心里高兴跳起舞,

唱起快板 rap。(加说唱音乐)

道可道,非常道,

热爱生活很重要。

生活的客观规律,

实际应用要知道。

生活的丰富多彩,

五彩缤纷在闪耀。

生活的点点滴滴,

平平淡淡多奇妙。

热爱生活 Let's go,

关注点滴 Let's go。

道可道,非常道,

民族的艺术大家要知道。

民族的戏剧戏曲地方小调很奇妙,
民族的相声快板坠子单弦逗你哈哈笑。
什么"哈韩""哈日"其实不重要,
重要的是:华人的世界,
那五千年的历史一定要知道。
中国风的音乐中国风的歌曲那才地道,
华人音乐 Let's go,
华人歌曲 Let's go。
道可道,非常道,
大学的生活就是这么奇妙!
道可道,非常道,
校园的生活真是奇妙!

原载《曲艺》2008 年第 11 期

(与杨超共同创作)

竹板新曲（对口快板）

乙：庆十一。真高兴，
　　打起竹板心激动。

甲：全国人民笑开颜，
　　喜迎建国七十年。

乙：七十年的风和雨，
　　快板奏出连心曲。

甲：连心曲，同心情，
　　它与祖国情相融。

乙：祖国有难它悲痛，
　　祖国强大它高兴。

甲：这一点我感触深，
　　快板就是我家根。
　　旧中国，穷苦大众多灾难，
　　我爷爷，打着竹板去要饭。
　　昏天黑地泪纷纷，
　　打出的板声都发闷。

新中国，人民翻身做了主。
　　我爷爷，跳起了欢快的竹板舞，
　　我奶奶，扭着秧歌庆解放，
　　我爸爸，竹板打得更响亮。
　　那时候，我还小，
　　蹦蹦跳跳到处跑。

乙：这真是，同样都是一副板儿，
　　打出了新旧社会两种点儿。

甲：后来我爸爸穿军装，
　　抗美援朝保家乡。
　　雄赳赳，气昂昂，
　　打着板跨过鸭绿江。
　　战地鼓动作宣传，
　　山洞里慰问伤病员。
　　一边编，一边演，
　　不顾疲劳和危险。
　　多次立功受表扬，
　　都叫我爸爸"快板王"。
　　没想到在一次前线演出中，
　　我爸爸不幸中弹光荣牺牲。
　　爸爸的板我握在手，
　　决心要沿着他快板的道路继续往前走。

乙：好青年，好精神，
　　当好快板传承人。

甲：我苦练快板劲头足，

要让快板展宏图。

快板蓬勃大发展，

可"四人帮"砍掉不让演。

快板声情并茂特别美，

他们硬说"耍贫嘴"。

党中央拨乱反正真英明，

才使快板更繁荣。

奏响了时代新节奏，

我精心演练出成就。

花板花，转板快，

翻板扔板身段帅。

我打板可称为一绝，

一般演员甭想学。

尤其姿势太个别，

他们都管我叫"板爷"。

乙：难怪你这么有精神儿，

原来他练的是拉三轮儿。

甲：（白）谁拉三轮儿啊？

乙：（白）你不是"板爷"吗？

甲：（白）"板爷"我也不拉三轮哇？

刚才我忘了和你谈，

打板我们家是祖传。

（白）我爷爷打板，我爸爸打板，到我这还打板，这不是祖传。

"板爷"就是说我板打的好，

超过我爷爷了,"板爷"。

乙:你别吹,你别侃,

比我你可差得远。

我研究快板不少年,

与它结下不解缘。

不断进取去创新,

让竹板奏出最强音。

申请了专利有成就,

咱是快板博士后。

勇于实践肯登攀,

他们都管我叫"板砖"。

甲:"板砖"这名真叫妙,

一提大家都知道。

你可真是了不起,

原来"板砖"就是你。

你这个名字真叫好,

见到你我赶快跑,

给我一下受不了。

乙:(白)回来,我不是砖头那是"板砖",

我是打板专家简称——"板专"。

甲:这么说你板打的还可以,

敢不敢在这比一比?

乙:要比就要有新意,

咱不以打板好坏论成绩。

甲:(白)那怎么比呀?

乙：要比就比出个新花样，

　　干脆不把快板唱。

甲：（白）不唱快板比什么？

乙：比唱歌，你能行吗？

　　必须是歌唱祖国的新内容。

　　为新生活抒豪情，

　　看谁伴奏有水平。

甲：为把快板技巧展示透，

　　一人唱一人用竹板打节奏。

　　相互交替巧安排，

　　把各自的绝活亮出来。

乙：好！请观众给咱作评判，

　　您的双手最关键。

　　以您的掌声作见证，

　　谁获得观众掌声热烈谁取胜。

甲：我这个人有气场，

　　一唱观众准鼓掌。

　　您鼓掌，我爱听，

　　我先给朋友们躹个躬。

乙：（白）行啦，别托负啦，谁先唱呀？

甲：（白）当然我先唱，

　　你根据我歌的节拍给我打板伴奏。

　　（唱《歌唱祖国》）

　　"五星红旗迎风飘扬，

胜利歌声多么响亮。

　　　歌唱我们亲爱的祖国，

　　　从今走向繁荣富强……"

乙：你唱歌声音挺宏亮。

甲：你打板伴奏也挺棒。

　　我高歌一曲唱祖国。

乙：听我唱唱我们美好的新生活：

　　（唱《我们的生活充满阳光》）

　　"幸福的花儿心中开放，

　　爱情的歌儿随风飘荡。

　　我们的心儿飞向远方，

　　我们的生活充满阳光。"

甲：阳光照耀在草原上，

　　牧民歌儿在回荡。

　　跨上骏马显威风，

　　远处传来了马蹄声。

　　战马昂首在嘶鸣，

　　伟大的祖国在飞腾。

　　美丽的草原我家乡，

　　骏马奔驰保边疆。

　　（唱《骏马奔驰保边疆》）

　　"骏马奔驰在辽阔的草原，

　　钢枪紧握战刀亮闪闪……

　　喝一杯奶茶比蜜甜。"

乙：奶茶甜，奶茶香，

　　悠扬的歌声飘新疆。

　　姑娘们跳起新疆舞，

　　小伙子欢快打手鼓。

　　（唱《我们新疆好地方》）

　　"我们新疆好地方，

　　天山南北好风光。

　　戈壁沙滩变粮田，

　　积雪融化灌农庄。"

　　"来来　来来来呀来呀来呀，

　　请到天涯海角来。

　　海南岛上春风暖，

　　这里四季春常在。

　　好花叫你喜心怀，

　　十月来了花正香……"

　　"朋友啊朋友，

　　你可曾想起了我……"

甲：（打着板做拉三轮动作）

乙：（白）你这干什么呢？

甲：（白）打板伴奏给你配动作。

乙：（白）你这什么动作？

甲：（白）拉三轮你这歌只能配这动作。

乙：（白）好，为了展示咱俩能说能唱能打板的技巧，咱俩来一个慢节奏的，你行吗？

甲：（白）你唱吧。

乙：（唱《我和我的祖国》）

"我和我的祖国一刻也不能分割，

无论我走到哪里都流出一首赞歌。"

（甲．打着板跳慢三）

乙：（白）看来咱们水平都不低，

干脆咱俩合唱一首快节奏的rap，

用《年轻的梦，永远打不碎》曲子，

配上建国70周年的词，

比比咱俩谁嘴里利索好不好？

甲：（白）好，现在开始，起乐！

（音乐起，甲乙随音乐打板）

甲：（数唱）我们北京的老百姓，

今个可是真高兴。

乙：（数唱）庆祝建国七十年，

我把祖国来赞颂。

甲：（数唱）改革开放结硕果，

亿万人民多么激动。

乙：（数唱）虽然我俩岁数有点大，

腿脚确实有点硬。

甲：（数唱）打起竹板跳霹雳，

心里是那么喜庆。

乙：（数唱）祝愿祖国母亲好，

前程似锦更强盛。

甲：（数唱）不忘初心，牢记使命，

努力实现中国梦。

合：对！不忘初心，牢记使命，

努力实现中国梦！

嗨！

原载《曲艺》1999年第10期

非洲情（快板书）

椰林高耸入云层，
香蕉挂满枝叶中。
猿猴树上蹿又蹦，
身体灵活多轻松。
大河马水中"哞哞"地叫，
回荡在旷野是那么好听。
成群的马鹿很机警，
个个都像侦察兵。
大旱龟慢慢在挪动，
稳稳当当赶路程。
野鸵鸟悠闲自在散步走，
昂首阔步挺着胸。
就数那野猪懒得动，
胡吃闷睡迷瞪瞪。
动物和人融合在一起，

就像是一个和睦大家庭,

彼此相敬又尊重相互善待又宽容。

东非大地景色美,

夕霞时,犹如走进一幅油画中!

(白) 太美啦!

突然间,从远处传来急促汽车喇叭响,

但只见有一辆吉普车一路颠簸向前冲。

班达萨拉姆宁静的村庄被打破,

昏睡的野猪被惊醒,

野鸵鸟急忙把路闪,

猿猴不住眨眼睛。

吉普车开得特别快,

车后边卷起一阵风。

开车的是个小伙子,

二十三四正年轻。

只见他,双手紧抓方向盘,

注视前方,二目圆睁。

看样子心中有急事,

汽车都打开了双蹦灯。

原来是他车上拉着重病人,

脸色惨白黄又青,

躺在担架一动不动,

呼吸微弱闭着眼睛。

身边蹲着一位女同志,

密切注视他的病情。

这女同志看样子也就三十岁，
浓浓眉毛大眼睛，
长着一个中等个儿，
听诊器挂在她的前胸，
身上穿着白大褂，
左手举着输液瓶。
她就是我国赴非医疗队的护士长，
姓倪名叫倪维平。
担架上的病人是费诺力农场种植员，
福建省种香蕉专家林阿明。
他工作期满要回家，
不巧有个蚊子把他叮。
非洲的蚊子个大真叫横，
叮上一下就不轻。
突然高烧四十度，
打针吃药全不灵。
高烧不退有两天，
至今都没查出什么病情。
领导和同志们都很着急，
有脆弱的女同志见小林病重全哭出了声。
农场里救护设备也有限，
领导决定派车把小林送到索马里首都摩加迪沙医院去抢救，
再耽误危险随时会发生。
监护的任务交给倪护士长，
由她随车来送行。

吉普车就跟飞起来一个样，

四个轱辘简直要腾空。

钻椰林，过大河，

穿小路，跃草坪。

一路飞奔速度快，

"噌"的声汽车就开进摩加迪沙医院中。

我驻索马里大使馆参赞早就到医院在等候，

抢救工作安排忙不停。

一秘二秘把具体事项落实好，

与医院各部门全沟通了。

很多医院的外国专家教授闻讯都要求参加抢救组，

为中国病人来治病。

有德国法国英国比利时，

还有秘鲁丹麦印度喀麦隆。

意大利的修女也来到，

还有不少国外留学生。

他们都等待在医院大门口，

随时把中国病人来接应。

见吉普车开进医院内，

护士们抢先往前冲。

把病人赶快抬进抢救室，

立刻插上氧气瓶。

各种仪器在监控，

心电图显示在荧屏，

起搏机随时在待命，

抢救紧张在进行。
经研究专家教授确了诊,
小林患的是疟疾病。
这是一种少见的特殊型,
主要的症状就是发高烧。
和SARS病有些相同,
不同的是这病不传染,
如不及时抢救随时可能就没命。
小林现在身体很虚弱,
发烧体内有炎症,
急需马上来输血,
才能与自身的病菌去抗衡。
验血后发现小林血型很少有,
血库中能输的血液等于零。
缺血这消息不知谁给传了出去,
不多时医院外献血的人围了一层又一层。
有很多非洲朋友伸着胳膊争着把血献,
嘴里头"China 中国!"喊不停。
人群中有好多中青年,
还有不少老年妇女和儿童。
那场面真是让人受感动,
难以用语言来形容。
经验血好多人的血型不能用,
这可急坏了索马里主治医生默罕穆德卡迪翁。
只见他头上的汗珠往下滚,

摇晃脑袋手拍着胸。
突然间他想起自己的血型也少有，
是否与小林血型能相同？
立即验血不怠慢，
嘿！怎那么巧，两人还都是一个血型。
卡迪翁伸着胳膊来献血，
抽出的血输进小林血管中。
血液慢慢在流动，
中非鲜血在交融。
热血交融情意重，
情意无限情更浓。
虽然肤色不一样，
一样的情感是真诚。
这血管里流的不仅是卡迪翁医生的血，
更是非洲人民对中国人民的一片情。
这一输血还真见效，
小林脸色渐渐有点红。
卡迪翁医生见小林病情有了好转，
脸上也微微露笑容。
倪护士长见此更高兴，
热泪含在眼圈中。
多少天她守护在小林病床前，
多少天她从黑夜到天明。
多少天她从来没有合过眼，
多少天她熬得两眼全都红了。

多少天她给小林打针喂药不间断,
多少天她为小林擦洗全身用酒精。
六月非洲天闷热,
潮湿气候赛过蒸笼。
为了使小林不得褥疮,
她每天给翻身忙不停。
给病人翻身这活不但累,
还有很多技巧在其中。
必须要轻抬快翻巧用劲儿,
放下要慢用腰撑。
俗话说"身大力不亏",
倪护士长娇小身材对她来说可不轻松。
虽然她在老家和父亲学过翻大饼,
翻饼和给病人翻身大不同。
一天还要翻上几十次,
真是难为了倪维平。
可她心中只有一个心愿,
能让小林身体早康复,
再苦再累能担承。
一个同志患了病,
无数同志挂念心中。
江苏同志为小林赶制了半坐床,
四川同志送来了冰帽降温效果灵,
福建同志搬来了几箱大芦柑,

山西的厨师为小林做了碗削面热腾腾。

索马里大爷送草药，

老妈妈把芒果捧手中，

孩子们把野花高高举，

姑娘们把罐头补品头上顶。

全都放在小林病床前，

摆了一层又一层。

祖国人民对小林病情更关心，

派专机把紧缺药品送。

打了针，吃了药，

在抢救组医生护士精心护理下，

小林病情一天一天在减轻，

十天后康复出了院，

要离开索马里回到祖国怀抱中。

卡迪翁医生见小林康复心高兴，

亲自上机场来送行。

小林和卡迪翁紧紧拥抱在一起，

激动的心情难形容：

"卡迪翁医生，谢谢你，

是你用鲜血救了我的命。

非洲人好心更好，

个个都是飞扬巴登（很好）。

回到祖国这辈子我也忘不了在非洲的这段情！"

小林招手告别把飞机上，

银燕翱翔在夜空。

这就是中非人民情意重，

友谊花开万年青！

原载《曲艺》2004年第6期

（与魏燕平共同创作）

健身欢歌（对口快板）

甲：奥运圣火已点燃，
　　奥运精神到处传。
乙：到处传，到处唱，
　　喜迎冬奥豪气壮。
甲：豪气壮，见行动，
　　全民健身真高兴。
乙：在体育场馆健身厅，
　　公园、广场、小胡同，
　　到处都能见到运动的身影，
　　锻炼的人们忙不停。
甲：他们当中：
　　有男有女、有老有童，
　　有高有矮、有重有轻，
　　有强有弱、有跳有蹦，
　　有踢有打、有踹有蹬，
　　有拉有拽、有背有扔，

有翻有转、有卧有撑，
有悠有晃、有撞有冲，
有急有缓、有守有攻，
有快有慢、有紧有松，
说说笑笑，乐在其中，
各练绝活，大不相同。
不管你是什么职业，
也不分社会各个阶层。
运动的目的就一个，
练出一个好身体，
人人拥有好心情。

乙：好心情，心欢喜，
你跟我赶快到崇礼。
崇礼这地方山势起伏好视野，
最适合冬季来滑雪。
2022年冬奥会要在这比赛，
可乐坏了山下两个大姐。
俩大姐还是妯娌俩，
一个姓谷，一个姓瘪。
谷大姐今年四十岁，
瘪二姐比她小仨月。
谷大姐长得是鼓鼻子、鼓脸、大嘴鼓，
瘪二姐她是瘪鼻子、瘪脸、小嘴瘪。
谷大姐脾气暴躁，
办事利落像个小伙子；

瘪二姐磨磨唧唧、拖里拖拉，
琢磨不透挺费解。
这姐俩脾气秉性不一样，
共同的爱好是滑雪。
从小就没少偷着滑，
可没学会，一到雪场就憷瘪。
乡里要组建一支村民滑雪志愿服务队，
不会滑雪的全不要，
这可急坏了俩大姐。
现如今滑雪场建在家门口，
姐俩下决心学滑雪。
天不亮就到滑雪场，
上去滑下不停歇。
谷大姐上去就滑那叫愣，
冲出去拐弯撞树身子斜。
直摔得是鼻青脸肿嘴更鼓了，
谷大姐真成"鼓大姐"了。
瘪二姐倒是真稳当，
滑下去，两腿不住往外撇。
甩出去足有十多米，
弄得满嘴满身雪。
连鼻子带脸红一块来白一块，
也分不出哪块是雪哪是血。
小嘴鼓起来挺老高，
瘪二姐这回再不瘪了。

都摔成这样姐俩爬起继续练，

　　　学滑雪的意志坚如铁。

　　　功夫不负有心人，

　　　姐俩终于会滑雪。

甲：这姐俩真不简单，

　　　还有俩老人不一般。

　　　跟我来跟我走，

　　　咱们先到山里瞅一瞅。

　　　山里边住着老两口，

　　　全都高寿九十九。

　　　身材不胖也不瘦，

　　　鹤发童颜真少有。

　　　老头名叫柳丑卯，

　　　老太太就叫钮鸠玖。

　　　老两口门前荷塘种着藕，

　　　荷塘四周栽满柳。

　　　他们天天爬山练竞走，

　　　天天喊山大声吼，

　　　天天河边练推手，

　　　天天小曲不离口，

　　　天天都把秧歌扭，

　　　所以精神这么抖擞。

　　　这一天，柳丑卯钮鸠玖藕边柳下试身手，

　　　柳丑卯求胜心切腰一扭，

　　　上去就推钮鸠玖。

钮鸠玖闪身一拖肘，
　　柳丑卯两脚前冲身子抖，
　　"噔噔噔"眼看摔出要出丑。
　　钮鸠玖去拽忙伸手，
　　柳丑卯回首把她搂。
　　钮鸠玖拽住了柳丑卯，
　　柳丑卯搂紧了钮鸠玖。
　　抱在一起没撒手，
　　"噗通"掉进了水里头……
　　您瞧这俩老摔这地儿，
　　告诉您一点都没事儿。
　　掉水里全都在一块儿，
　　难怪这俩人是老伴儿。
乙：五个小伙同住一栋楼，
　　从小一块踢足球。
　　只要踢球就玩命，
　　满头大汗往下流。
　　为了洗头更方便，
　　他们个个全都剃了光头。
　　他们剃了光头踢足球，
　　闪亮登场更风流。
　　五个人选出了一个队长，
　　这个队长头大头球拔头筹，
　　头硬头顶头有力，
　　姓铁都管他叫"铁头"。

踢前锋的他姓刘,
脚下的技术最娴熟。
突前突破最突出,
秃眉毛秃顶叫"秃刘"。
踢中场的他姓牛,
满场疯跑有劲头。
疯追疯抢疯不够,
见球就疯叫"疯牛"。
踢后卫的他姓尤,
他是短胳膊短腿矮个头。
铲球果断卡位准,
大家都管他叫"卡尤"。
把大门的叫娄裘,
大手大脚大块头。
他守大门球不漏,
不叫他娄裘叫"不漏球"。
前天他们又赛场球,
那球踢的有看头。
哨响比赛就开始,
先由对方来发球。
疯牛疯抢没抢到,
对方斜传过疯牛。
卡尤飞身去铲断,
正好把球铲到对方脚下头。
对方起脚就射门,

不漏球判断准确抱住球。

抱住球，不停留，

大手抛球给卡尤。

卡尤不停传疯牛，

疯牛疯跑快疯带。

疯带疯推给秃刘，

秃刘突破快突进，

突破吊中给铁头。

铁头高高来跃起，

空中来个狮子大甩头。

"啪"的一声头球进，

铁头甩头进头球。

球碰铁头头顶有，

铁头不顶也没头球。

球不进门铁头愁，

球进球门铁头牛。

甲：李小奔儿、张小盼儿，

姐俩从小住在一个院儿。

他们吃一块儿、玩一块儿，

形影不离是个小伴儿。

小奔留着这么一个运动头，

穿一身黑鞋黑袜子黑裤褂儿。

小盼梳两乖乖辫儿，

脖子上面戴项链儿。

穿一身白鞋白袜子白色运动衫，

·237·

更显出一个好身段儿。
姐俩经常在一块儿，
共同的爱好是踢毽儿。
这一天正是星期天儿，
姐俩没事儿到当院儿。
你来我往练花毽儿，
小盼儿把毽儿传中间儿。
小奔接毽后拉燕儿，
那毽儿划出一条线儿，
直奔小盼头发帘儿，
碰完了头帘儿碰鼻尖儿，
碰完了鼻尖碰脸蛋儿，
碰完了脸蛋儿碰嘴瓣儿，
碰完了嘴瓣儿碰小辫儿，
碰完了小辫儿碰项链儿，
眼瞧就要挨地面儿，
小盼儿赶忙接住毽儿，
把她累出了一身汗儿，
小奔急忙递手绢儿，
递到小盼手里边儿，
小盼觉得不对劲儿……

乙：怎么了？

甲：那不是手绢儿是鞋垫儿！

乙：有这么三个外国小青年，

他们分别来自苏格兰、英格兰、爱尔兰，

到中国学习太极拳。

天天见面天天练,

个个身手都不凡。

有一个中国名字叫袁田廉,

另一个名叫廉田袁。

还有一个名字最好记,

他的名字就叫田廉袁。

田廉袁,脾气暴,

练的是刚劲有力的陈氏拳。

袁田廉,性子慢,

学的是以柔克刚的杨氏拳。

廉田袁,性格蔫,

攻的是刚柔相济的吴氏拳。

为取各家之长补己短,

把拳术掌握更全面。

仨人决定换着练,

一换一练可就难。

田廉袁练不了性格慢袁田廉的以柔克刚的杨氏拳,

袁田廉学不会脾气暴田廉袁的刚劲有力的陈氏拳,

田廉袁和袁田廉攻不下性子蔫廉袁田刚柔相济的吴氏拳,

廉田袁更拿不下田廉袁的陈氏拳和袁田廉的杨氏拳。

三人越练还越乱,

你说这可怎么办?

甲:他们爱怎么办就怎么办,

看把你急出一身汗。

别着急，把心放，

他们一定会练得特别棒。

听我接着往下唱。

有一个小伙叫小藏，

还有一个姑娘叫小向。

三十而立是白领，

至今对象没搞上。

您要问这是怎么回事？

皆因俩人肥又胖。

小向胖，胖小向，

胖胳膊胖腿胖肩膀。

小藏肥，肥小藏，

肥头大耳肥身量。

有人给他俩来搓合，

呵！互相谁都看不上。

小向说：要想让我嫁小藏，

我出门就把汽车撞。

小藏说：嗨！我俩没有夫妻相，

我太肥来他太胖。

真要结婚生儿子，

还不跟日本相扑一个样？！

小向吃药忙减肥，

小藏运动快去胖。

坚持锻炼成效大，

一个月减了十几磅。

小向一见高了兴，
到体育馆里找小藏。
小藏这边练棍棒，
小向那边练单杠。
小藏不但练棍棒，
还向小向学单杠。
小向不仅练单杠，
也请小藏教棍棒。
藏学向杠向教杠，
向学藏棒藏教棒。
藏不学向杠向不教藏，
向不学藏棒藏不教向。
向教藏，藏教向，
互教互学心花放。
心花放，心舒畅，
心里美，心气旺。
锻炼让他俩全不胖，
后来俩人成对象。

乙：健身欢歌在传唱，
　　健身激情多奔放。

合：全民健身真高兴，
　　让健身欢歌更嘹亮！

原载《曲艺》2005年第6期

石情话意（对口快板）

乙：走上台，心喜欢，

　　我名字就叫×××。

甲：叫什么，无所谓，

　　您这脑袋挺珍贵。

乙：（白）我脑袋有什么珍贵的？

甲：哎哟，您这脑袋不一般，

　　中间大来两头尖。

乙：（白）枣核（念"胡"）哇。

甲：有河流，有高山，

　　有丘陵，有深渊，

　　有草地，有平川，

　　头顶上是寸草不生的戈壁滩。

乙：（白）就是头发少。

甲：别看您的头发少，

　　脑形长得还真好。

　　匀溜个不大也不小，

没地掏换没处找。
　　　这种脑袋太稀少,
　　　别人根本比不了。
　　　而且长得有福相,
　　　满面红光脑门亮。
　　　鸿运当头财气旺,
　　　里边全都是宝藏。
　　　您要同意让开发,
　　　拿铁锹现在我就挖。

乙：（白）别挖!
　　　你这人说得倒轻巧,
　　　挖我这脑袋受得了吗?
　　　说这么热闹,你是干什么的?

甲：我跟您说了也白搭,
　　　反正您脑袋不让挖。

乙：（白）多新鲜呢。

甲：这么半天白白把您夸,
　　　知道吗,咱是一位美石家。

乙：美食家,不寻常,
　　　敢情咱俩是同行。

甲：那得赶快握握手,
　　　没想到在这遇石友。
　　　石友见面亲又亲,
　　　中国的美石,博大精深。

乙：对,中国美食真不错,

享誉世界有特色。

天下美食都吃过，

知道吗？他们都管我叫"吃货"。

甲：（白）"吃货"？

别看您的岁数老，

牙口还是都挺好。

那么硬的石头都敢咬哇？

乙：（白）我咬石头干什么？

我吃那道菜叫石头炒鸡蛋。

味道香，味道美，

看着我都流口水。

一顺口，吃的多，

那天鸡蛋吃一锅。

甲：（白）豁！够能吃的。

乙：能吃是福不简单，

俗话说"民以食为天"。

甲：你越说越不对劲儿，

咱俩说的不是一回事儿啊？

乙：（白）怎不一回事？

你是什么美食家呀？

甲：（白）我是寻找大自然中美丽石头赏石专家，简称"美石家"。

乙：（白）咱俩差不多，

我是寻找大饭店美味佳肴的品尝美食家。

甲：说半天，咱两家不一样，

说白了根本挨不上。

乙：挨不挨上别在意，

　　反正咱俩有联系。

　　而且联系很紧密，

　　没我你寻石准没戏。

甲：（白）这么说还离不开你？

乙：你到处去把石头找，

　　山南海北到处跑。

　　把你累得不得了，

　　出去前是不得先吃饱？

甲：对呀，人是铁，饭是钢，

　　一顿不吃心就慌。

乙：要吃好饭你找我，

　　我知道什么地方美食火。

　　从小我就研究吃，

　　我在酒店当厨师，

　　煎、炒、烹、炸都在行，

　　味香色美样样强。

　　馋得你，直发呆，

　　千万可别吃肚歪。

　　营养均衡要适度，

　　吃好了踏上寻石路。

　　精神抖擞多振奋，

　　寻石准能有好运。

　　好石头就像为你留，

你不到它就不露头。

甲：听你说的有道理，
看来寻石还不能没有你。

乙：刚才我还忘了和你谈，
我和石头有情缘。
寻石也有不少年，
这里有苦也有甜。
河边走，深山里转，
悬崖上都敢站一站。
走遍了大江南和北，
饱览了祖国山和水。

甲：刚才听你一介绍，
你这人还很有情调。
对石头了解也挺多，
干脆咱俩一块说。

乙：你一夸，我直脸红，
我可没你有水平。
说石头，心高兴，
哪点不对请指正。
小小石头虽然小，
历史长河不能少。
经得起风雨浪冲刷，
大自然魔力雕琢它。
深深地埋在泥土中，
默默地奉献静无声。

耐得住孤独和寂寞，
给人类带来了幸福和欢乐！
人类对它爱不够，
一生愿为它守候。
"有一个美丽的传说，
精美的石头会唱歌……"
我一说石头就激动，
小小的石头有灵性。
有灵性，有生命，
人们对它都敬重。

甲： 对！自从盘古开天地，
人类对它更在意。
纵观历史，古往今来，
有多少帝王将相，文人墨客，
英雄豪杰，达人贵族，
为石讴歌情满怀，
为石疯狂志不移，
为石坚守更痴迷，
与石为友齐赞誉，
留下了多少精美的诗句。
人对石头有感情，
石头对人情更浓。
小小石头了不起，
内涵深刻有哲理。
文化底蕴还挺深，

中华大地扎下根。

乙：要赏石，要品石，
首先必须先有石。
有石才能去赏石，
赏石一定赏好石。
赏好石才能长见识，
为长见识寻好石。
寻好石还得有常识、有知识、有胆识，
慧眼才会识好石。
见到好石眼别直，
更别如醉又如痴。
动作反应不能迟，
手慢可捡不到好石。

甲：捡好石，人要实，
人实才能养好石。
有了好石人不实，
再好的石头也贬值。
别怪我这人说话直，
石头就是试金石。
金子有价石无价，
石头虽小有文化。
什么石头扔，什么石头捡，
什么石头留着有危险？
到大自然里找答案，
亲自感受去体验。

寻石人，大无畏，

勇于探索人敬佩。

经得起山高路险苦又累，

经得起酷暑严寒难入睡。

经得起汗水雨水湿衣背，

经得起人烟稀少枯乏味。

寻石人哪怕心操碎，

为求好石更心慰。

寻石人精神真可贵，

越艰苦越不往后退。

寻石哪能不受罪，

不受罪怎么能够得宝贝？！

在座的全都有体会，

你们说我说的对不对呀！

（白）对！（观众喊）

您一说"对"我心高兴，

咱们台上台下来互动。

全国石头特别多，

听我慢慢对您说。

有漏露皱透的太湖石，

色彩斑斓的玛瑙石，

形出八卦的木化石，

美丽无瑕的雨花石，

吉祥平安的泰山石，

北京平谷的轩辕石，

灵璧石、戈壁石、彩陶石，

古陶石、古铜石、铁钉石、金海石，

金钱石、雪浪石、雪花石、菊花石，

荷花石、梅花石、莲花石、桃花石，

草花石、牡丹石、芙蓉石、竹节石，

竹叶石、虫化石、鱼化石、孔雀石，

天鹅石、绿松石、摩尔石、葫芦石，

寿山石、武陵石、风陵石、国画石，

富贵石、来宾石、八卦石、水冲石，

包卷石、青田石、南田石、大化石，

大湾石、红丝石、紫金石、鸡血石，

猪肉石、石胆石、陈炉石、黄河石，

黄蜡石、徐公石、庞公石、长江石，

乌江石、怒江石、岷江石，

还有长岛球石、崂山绿石、淄博文石，

英石、昆石、肉石，

泥石、墨石、砭石……

要让我把石说全，

台上我得唱一年。

还有些石头没说到，

并不是这石不重要。

可能让我给漏掉，

您可以上网查资料。

合：让我们为石讴歌为石狂，
　　把石头文化来宣扬。
　　让中国美石名天下，
　　千秋万代更辉煌！

（与何宝宽共同创作）

我爱北京（快板）

改革就像过山车，
难免有跌跌撞撞与颠簸。
创新的道路不平坦，
要经得起风浪与挫折。
改革开放结硕果，
这里有失也有得。
要勇于面对矛盾的存在和现状，
破解问题找对策。
老百姓爱听身边的事，
接地气，让您听完感触多。
因为我是北京人，
所以就把北京说。
咱北京正朝着国际大都市来迈进，
步伐坚定有特色。
改革开放敞开了大门，
喜迎天下八方客。

他们一齐涌向大北京,
怀揣着梦想都到首都来拼搏。
各种精英全都有,
大展才能展绝活。
有高管的、IT 的、航天的,
兵器的、金融的、货币的,
研发的、设计的、电子的,
科技的、律师的、法律的,
保险的、贸易的、动漫的,
游戏的、谱曲的、编剧的,
唱歌的、演戏的、跳舞的,
耍杂技的、说相声的,
修笼屉的、当保姆的,
造蜂蜜的、建地铁的,
盖公寓的、架桥的、扫地的,
绿化的、开洗浴的、装修的,
做家具的、搬家的、送快递的,
挖沟的、刨地的,
修水管的、通暖气的。
还有上学的、办校的、培训的,
外教的、理发的、卖肥皂的,
卖肉的、做广告的、送奶的、订报的,
擦油烟机的、通下水道的,
收废品的、打被套的,
卖烤白薯的、卖蟑螂药的……

他们的到来让北京这座古都更加美丽更现代，
老百姓衣、食、住、行更加方便生活美满更祥和。
我们由衷地感谢这些外来建设者，
是他们用辛勤的汗水为北京做出贡献可太多啦。
他们当中有很多人已经融入了这个大城市，
在这里工作又生活。
北京高速在发展，
超大城市够规模。
随之而来有些矛盾已经显现，
正常的运转受到挫折。
人满为患成了灾，
这个城市可拥挤的了不得。
咱北京光常住人口就有2170多万人，
流动人口还没说呢。
加在一起听起来都吓人，
说白了北京就是人多。
据听说全国人民都要到北京求发展，
哎！这么多人您说往哪搁呀！
那位说人多好干活，
对！光干也不能不吃喝。
光吃光喝还不算，
睡觉起码有个窝。
有窝就得有房住，
房大房小能凑合。
光有房住还不行，

还得变方找工作。

有了工作好挣钱,

有钱才能去活着。

到了岁数该结婚,

张灯结彩娶老婆。

有个孩子真高兴,

在北京养个孩子花销多。

要吃饭要穿衣,

到医院看病更别说了。

好不容易把孩子拉扯到两岁半,

想把孩子给入托。

花钱找人真叫累,

结果还是白忙活。

孩子根本进不去,

原因是幼儿园孩子太多没名额。

只好从农村老家接来双方父母亲,

四个老人轮班给看着。

这一大家子人挤在城乡结合部一间出租小房内,

穷哈哈地凑合过。

有钱的土豪不一样,

花天酒地乱挥霍。

一顿饭就是好几万,

其实根本没什么。

好多山珍海味燕窝鱼翅一点都没动,

全往泔水桶里折。

要不然这血压、血脂、血糖都增高了，
全都是饭店给养的。
说有个老板叫梅富二，
钱多的那可了不得。
成捆的钱用麻袋装，
北京买豪宅十几座。
精装的楼房成栋买，
没人居住全空着。
北京房源让这帮房叔、房姐占据的可不少，
手里的房子特别多。
和开发商勾一起紧着炒，
要不然房价哪能涨得这么邪乎！
老百姓真的买不起啦，
您说他们缺德不缺德呀！
就这样他还觉得不满足，
他说："凭我这实力把美国白宫买下才适合。"
只可惜花多少钱人家都不卖，
他打算要托他美国亲戚二表哥。
据他说他二表哥是前任美国总统奥巴马，
要说这关系够硬的。
仔细一琢磨不对劲儿，
俩人不是一个肤色。
一个中黑一个黄，
两色没法乱掺和。
亲戚根本攀不上，

依我说，他是吃多了撑得瞎胡说。

超生罚款他不怕，

光孩子就有三四个。

个个全都在北京，

全都安插好工作。

什么七大姑、八大姨，

还有烂眼儿的二舅妈。

只要和他沾点边儿，

全家都往北京挪。

到北京还全都不走了，

您说说北京怎么能够人不多嘛。

北京人多事也多，

北京什么全都多。

机关多，部委多，

中心多，协会多，

集团多，公司多，

医院多，院校多，

高楼多，大厦多，

社区多，居民多，

姑娘多，小伙多，

老头儿、老太太还挺多，

总裁多，董事长多，

老板多，经理多，

白领多，蓝领多，

没有领的人更多。

上学的多，上班的多，

开车的多，拼车的多，

打车的多，骑电动车的多，

挤地铁的人更多。

只要车停一开门，

就和冲锋差不多。

人挨人，人挤人，

挤得两脚全悬着。

就跟相片一个样，

谁也甭想再动窝。

要想下车更困难，

必须要提前几站挤又挪。

到门口连扒拉带推紧吆喝，

就这样还只不定下去下不去呢，

每次都得一身汗，

坐地铁上班是力气活。

老年人高峰时可别坐，

要不然不是扭腰就骨折。

北京要再不控制这么发展，

就是把北京挖空全修地下铁，

每辆车上都得饱和。

地铁虽挤倒是快，

地上可比地下慢得多。

你有车，我有车，

你学车，我学车，

你开车，我开车，

男女老少都开车。

一家都有两三辆，

还掺和摇号要买车。

那真是车挨车、车靠车，

车接车、车连车、车超车，

车蹭车、车刮车、车撞车……

本来汽车都很乱，

再加电动车一搅和。

横冲直撞胡乱闯，

扠到一块可就了不得。

赶上过节更可怕，

只要开车就堵车。

高速路能堵六个小时，

这六个小时要是坐飞机，

从北京都能飞新加坡！

马路都快成停车场，

朋友们为北京清洁空气少开车吧！

北京车多人也多，

车多尾气排放多。

排放多污染多，

PM 2.5 就增多。

一增多雾霾多，

雾霾多得病多。

得病多就看病多，

大医院扎堆看病人更多。
上午排队能等三个半小时，
身体不好能虚脱。
好不容易看上也就几分钟，
胡撸胡撸脑袋就一个。
并不是医生不认真，
也不是他们不负责。
主要是他们工作量太大，
个个全都超负荷。
您想想他们往那一坐就是多半天，
根本别想再动窝。
没有时间上厕所，
所以都不敢把水喝。
有的老医生喝多水干脆就骑上尿不湿，
呵，那滋味儿可真够受的！
交费的人排长队，
拿着钱紧着往前挪。
要多少钱给多少钱，
从不商量和医院打打折。
不让谁交钱都不干，
医院这买卖那叫火哟！
只因为全国发展不平衡，
所以北京来的人太多。
那位说"北京人多可以往外移"，
这话我劝您别说。

让谁走，谁又能走，

实际问题明摆着。

是北京人走？还是外地人走？还是外国人走？

依我说："谁走全都不适合。"

那位说："你倒谁都不得罪呀！"

对呀！我让谁走谁不骂我呀。

我这是和您开玩笑，

咱们中央有了新举措。

京津冀协同大发展，

非首都功能往外挪。

抓疏解，促提升，

认真落实去工作。

我说的不见得全都对，

不同意你上我微博。

咱们网上来讨论，

共同目的就一个。

我们爱北京、建北京，

我们人人都有责。

让北京发展更有序，

更加美丽更祥和，

更加环保更绿色，

共享都市新生活。

原载《曲艺》2013年第11期

（原名：《恕我直言》）

我的忏悔（数来宝）

甲：走上台，冒虚汗，
　　心慌我得上医院。
乙：快到医院看看病，
　　是不是病情很严重。
甲：这病我去了好几趟，
　　他们诊断不一样。
　　什么病，说不清，
　　医生见了全直懵。
　　又皱眉，又晃脑，
　　看来这病不太好。
　　跟我可有不少年，
　　一直在我身上缠，
　　要想去根还挺难，
　　谁见这病全都烦。
　　有这病，多可怜，

还都说我们家是祖传。

乙：（白）什么祖传？有病叫遗传。

甲：你这么说我不高兴，

　　我姨根本没这病？

乙：（白）遗传就是你姨的病啊？

　　什么都不懂，你爸爸有这病吗？

甲：我爸爸年轻就有这病，

　　传到我这更严重。

乙：（白）是吗？！

甲：别害怕，没危险，

　　这病根本不传染。

　　现如今我没人关心没人管，

　　他们全都离我挺老远。

　　跟我好像都有仇，

　　看我全用白眼球。

　　指着我后背还议论，

　　说我这病遭人恨。

　　没招谁，没惹谁，

　　有这病怎么这么倒霉！

　　弄得我精神很紧张，

　　时不时的就心慌。

　　我知道您是热心肠，

　　这事求您多帮忙。

乙：让我帮忙那可以，

　　什么病你得跟我交个底。

是什么病，咱怎么办，

　　该找谁看找谁看。

甲：我这病，不算病，

　　要说不算也算病，

　　说是病，就是病，

　　说不是病就不是病。

　　甭管是病不是病，

　　反正心里是块病。

　　我这个人就这命，

　　越有这病越高兴。

乙：（白）怎么有病还高兴？

甲：因为我心胸很宽广，

　　什么事能往开了想。

　　心里有底不害怕，

　　拿得起来放得下。

　　豁出去他们把我骂，

　　豁出去说我人品差。

　　说出来您也别惊讶，

　　其实这病事不大。

　　我这病啊就是从不讲真话。

乙：（白）哦！净说假话呀！

甲：说假话，人爱听，

　　想干什么都成功。

　　因为假话说的好，

　　现在混的不得了。

假话说了不少年,

小日子过得比蜜甜。

乙:说假话,你还美呢,

告诉你早晚得后悔。

甲:这话让您说得准,

我这个跟头摔得狠。

乙:(白)出事了吧?

甲:因为我假话说习惯,

每次都能把人骗。

没想到这次没骗过,

还给自己惹了祸。

这祸惹得还不小,

您说我可怎么好?

也怪我,太狂妄,

偏偏撞在枪口上啦!

乙:(白)怎么回事,你说说?

甲:让我说,我就谈,

这事发生在春节前。

乙:(白)还是最近的事。

甲:就在一月二十三,

我永远记住这一天。

我常年工作在武汉,

上班在卫生防疫站。

武汉疫情很严重,

中央下达紧急令。

上午十点要封城，

多亏我的消息灵。

我一瞧，势不好，

加上属鼠我胆小。

不如趁早赶快跑，

晚了可就走不了。

乙：（白）你上哪儿呀？

甲：我赶快收拾真不慢，

开上车连夜就往北京蹿。

乙：（白）到北京干什么来呀？

甲：因为北京有我爸，

年老体弱岁数大。

心急开车快如风，

下午四点到北京。

乙：（白）真够快的！

甲：下高速，进四环，

进商场把过节礼物都买全。

提拉东西把门进，

我爸见我来挺兴奋。

又端水果又沏茶，

花生瓜子往外拿。

我说我："一路开车特别累。"

我爸说："你吃完晚饭早点睡。"

我这屋，你那屋，

省得吵你我打呼。

就这样我们一块吃住好几天，

　　我总觉得心不安。

　　逛了超市，看了我哥，

　　从哪来跟谁都不说。

乙：（白）你该到社区报告啊！

甲：我可不能去报告，

　　一说他们就知道。

乙：（白）知道怕什么？

甲：知道准把我隔离，

　　隔离我爸准着急。

　　一着急，就房颤，

　　我别大过节的给添乱。

乙：（白）什么叫添乱？

甲：怕什么，什么偏来，

　　那一天我爸高烧不退脸直白。

　　干咳还带一劲吐，

　　岁数太大顶不住。

乙：（白）赶快上医院呢！

甲：我一瞧，不怠慢，

　　带我爸赶快上医院。

　　到那直奔发烧门诊，

　　做CT片子还挺准。

　　怀疑我爸患新冠，

　　我当时一听就一颤。

　　医生问我爸是不是老出门儿，

还问我是他什么人儿？

乙：（白）你爸就说你是他儿子，

从武汉来不就行了嘛。

甲：他要这么说可就完了，

我这么多天白隐瞒啦！

乙：（白）你爸怎么说？

甲：要说我爸有绝窍，

老爷子就是有一套。

眯着眼，心有准儿，

来了个死鱼不张嘴儿。

低着头一句都不谈，

没想到我爸嘴真严。

乙：你的遗传基因还挺大，

有什么儿子有什么爸！

甲：你这话说的有问题儿，

应该说有什么爸爸就有什么儿。

乙：（白）对啦。

甲：（白）怎么这么别扭啊！

乙：（白）你爸不说怎么办？

甲：医生问我爸没结果，

转过身来要问我。

还没等他把我问，

我说我来自美国华盛顿。

在旧金山硅谷搞IT，

经商又去了意大利。

乙：（白）你这不是胡说八道蒙人吗？

甲：说什么根本不重要，

　　能蒙一道是一道。

乙：（白）啊！你这都什么人呀！

甲：别管我是什么人，

　　反正他们听着很入神。

乙：（白）那你就接着说吧。

甲：我跟他们说下飞机刚到了家，

　　一进门，见我爸高烧抓了瞎。

　　多亏我回来的巧，

　　打车就往医院跑。

　　我可一点没拖延，

　　瞧你们问这问那没个完。

　　比审犯人还要严，

　　家属听了烦不烦？

　　什么病，快诊断，

　　看不了让别人看！

乙：（白）你哪能这么说话呀。

甲：我和他嚷嚷他不急，

　　看样子对我很怀疑。

　　跟我说，要配合，

　　对自己行为要负责。

　　说话态度很严厉，

　　告诉我别把疫情当儿戏。

讲实话，别耍滑，

　　　不说他们就叫警察。

乙：（白）快说吧。

甲：我一听，慌了神儿，

　　　一抬头，有俩警察进了门儿。

乙：（白）这回看你怎么办？

甲：我爸爸一见害了怕，

　　　当时全都讲实话啦。

乙：（白）早就该说。

甲：我一瞧，这下坏了，

　　　我爸爸他把我出卖啦。

乙：（白）什么叫出卖啦，

　　　说了对确认病情有帮助。

甲：这一下彻底完了，

　　　干脆我也别隐瞒了。

乙：（白）快说实话吧。

甲：我跟医生坦了白，

　　　告诉他我从武汉来。

乙：（白）说了就对啦！

甲：医生听了很果断，

　　　马上实施有方案。

　　　急救车来得真不慢，

　　　立刻把我爸转了院。

乙：（白）你怎么办呢？

甲：对我还是很不错，
　　专车拉走去检测。
　　核酸检测是阳性，
　　确诊我也是这病。
　　我是传染源真传染，
　　谁和我接触都危险。

乙：（白）就是啊。

甲：这不传了我爸和我哥，
　　还传了多少不好说。
　　因为我隐瞒病情说假话，
　　给国家造成的损失实在大。

乙：（白）才明白呀！

甲：光想着自己昏了头，
　　害人害己准拘留。

乙：（白）光拘留就行啦？

甲：光拘留，能算完吗？
　　弄不好还得判几年。

乙：（白）你这叫罪有应得！

甲：千不怪，万不怪，
　　全是假话把我害。
　　事到如今真后悔，
　　谁都不怨就怨嘴。
　　这嘴绝对不能要，
　　现在就把嘴扯掉。

乙：（白）那管什么用？

甲：没这嘴，就不怕，

　　以后甭再说假话了。

乙：（白）嗐！

原载《曲艺》2020年第4期

阚泽斗曹操（快板书）

历史长河卷巨澜，

三国争霸不停闲。

英雄辈出载史册，

千秋万代永留传。

今天不把别的唱，

唱一唱姓阚名泽字德润，

深入曹营斗敌顽。

话说在公元208年，

三国鏖战抢地盘。

唯有曹操势力大，

囤兵足足八十万。

妄图称王于天下，

宝剑挥指下了江南。

他没想到刘备和孙权联起手，

俩人跟他一人干。

打到江边停下步，

他怕再攻遭暗算。

两军对垒休了战,

一个在江北一个在江南。

诸葛亮忠告周瑜,抓紧时间快修整,

长江以南扎营盘。

江北曹操训练水兵紧操练,

为准备渡江造战船。

此时周瑜双眉皱,

不由心中犯了难。

他愁的是曹军比他兵力强,

相差悬殊势力单。

要想取胜只能智取,

绝不可再打阵地战。

深思许久有了主意,

计上心头愁眉展。

连夜找来老黄盖,

从长计议说个全。

老黄盖听罢把头点:

"一言为定照此办。

第二天开了个紧急军事会,

大帐内坐满了众将官。

周瑜提出一个方案,

老黄盖当即给推翻。

周瑜勃然发了怒,

命手下打了黄盖一顿皮鞭。

这顿皮鞭可不轻,
老黄盖血肉模糊皮开绽。
回到家中床上卧,
谁来拜访全不见。
忽听门士来禀报:
说:"阚泽已经到门前。"
老黄盖闻讯心中喜,
说:"快请泽公屋里边。"
阚泽进屋关上门,
低声低语把话谈:
"今日周瑜打黄盖,
此事不会那么简单。
一个愿打,一个愿挨,
想必有玄机在里面。
莫非定下什么计,
肯定与赤壁有牵连。"
老黄盖闻听把头点:
"一切皆如泽公言。
我随老孙家征战几十载,
所受恩德不一般。
我与周郎定奇计,
定要打败曹阿蛮。
今日演场苦肉计,
身体虽痛心情愿。
先诈降,后火攻,

让曹兵亡于旦夕间。
下降书，最关键，
唯有泽公你承担。"
说罢忍痛下床纳头拜，
阚泽赶忙屈身把他搀：
"老将军请您把心放，
我阚泽早把生死扔一边。
上刀山，下火海，
献降书这事我去办。"
辞别黄盖去准备，
扮成一个渔翁驾小船。
趁着夜色天昏暗，
冒着水面江风寒。
紧摇橹，贴水面，
小船如飞快似箭，
噌，噌，噌，往前窜，
嗖，嗖，嗖，真不慢，
小船直奔江北岸。
三更时曹操正在帐中坐，
眯着眼正在读《左传》。
忽听军士来禀报，
说："有一个渔翁到了寨前，
他就是东吴军高参叫阚泽，
有机密要事来求见。"
曹操下令引进来。
曹操见他昂首挺胸走到帐中间，

又见他五官端正浓眉大眼，
炯炯有神好威严。
五绺飘然多齐整，
透着刚毅和精干。
曹操见此人就一愣，
不由把眼皮翻了翻，
忙问道："你乃东吴任高参，
到我此营有何公干？"
阚泽说："过去咱俩刀兵相见，
如今有要事来相谈。
只因老将军黄盖仗义执言遭毒打，
血肉模糊往外翻。
都是周瑜下的令，
黄盖他无端被打有多冤。
我俩是亲如手足好兄弟，
我岂能不管、袖手旁观！
决定来投曹丞相，
今夜特地把降书献。"
曹操听罢眨眨眼，
接过降书灯下观。
反复看了十几遍，
勃然大怒拍桌案：
"好你个黄盖老将军，
妄图用苦肉之计把我骗。
阚泽你真好大胆，
竟敢使诈把降书献。

左右推出将他斩,
拉出帐外莫拖延。"
阚泽闻听仰天笑,
面色不改很坦然。
曹操见此犯疑虑,
问阚泽:"你如此大笑为哪般?"
阚泽说:"我不是笑你曹丞相,
我笑黄盖不长眼,
根本不识好赖人,
投靠于你也枉然。
要杀要剐随你便,
我好心你却当驴肝!"
曹操说:"我自幼熟读兵家书,
岂能让小计把我骗!
你即是真心来投降,
我问你,为何不约定哪一天?"
阚泽闻听微微笑:
"曹丞相想必学问浅。
如果我不识计谋急下手,
又怎能配合你这边?
只有双方商定约好日,
我岂能单独定哪天?
如此简单道理都不晓,
说你无学之辈你还冤吗?"
曹操闻听把头点,
言之有理不愧是高参。

唤人取酒来款待。
忽见一人忙把曹操拉一边，
掏出封信忙呈上，
曹操阅后笑开颜。
阚泽见状心暗想，
"我东吴军中有内奸，
想必把黄盖消息传过来，
好！看来诈降实施不费难。"
曹操过来开言道：
"烦劳先生回江南岸，
与黄盖商谈里应外合破孙权。"
阚泽忙说："照此办，
现就动身往回返。"
到后来，黄盖持刀船头站，
指挥火船冲北岸。
火烧曹营兵马乱，
损兵折将八十万。
奸臣曹操受了骗，
溃不成军四下窜。
赤壁之战获全胜，
阚泽智勇天下传。

2014 年 8 月 28 日

(与阚志有共同创作)

我算行了（数来宝）

乙：走上台，喜心窝，
　　打起竹板咱俩说。
甲：和你说，也可以，
　　你什么时间给送礼？
乙：我说你脑子有了病，
　　凭什么给你把礼送？
甲：你这人脑子缺根弦儿，
　　不送礼谁跟你演着玩儿啊？
乙：你不演，就拉倒，
　　我可以再把别人找。
甲：我和你沟通太费劲，
　　你还不知现在我是什么身份？
乙：（白）什么身份？
　　不就是唱快板的嘛！
甲：过去的事不要谈，
　　现在可不比从前。

想当初，我打着竹板闯天下，

现如今，我客座教授在北大。

乙：（白）什么，你是北京大学的客座教授？

甲：看你说话这个眼神儿，

甭问准瞧不起我这人儿。

我知道你看我的个子小，

告诉你浓缩精华才是宝。

个小的人不好找，

个小的脑子不得了。

个小的有才很稀少，

个小的全都是领导。

个小的混得都挺好，

个高的根本比不了。

根据中国的饮食和结构，

咱们的营养只能长到一米六。

乙：（白）谁说的我怎么长这么高哇？

甲：长这么高你还乐呢，

都说他是傻大个。

乙：（白）谁傻大个？

你长的矮别怨谁，

全都说他挺鸡贼。

甲：（白）什么叫鸡贼？

乙：（白）就是说你机灵得跟贼似的。

甲：对，我这人贼头又贼脑，

满腹经纶是国宝。

才华出众很稀少，

各大名校把我找。

乙：（白）找你扫地去。

甲：聘我给他们去授课，

第一讲反响强烈真不错。

视角新，意识超前，

站在了当今学术最前沿。

专家学者都崇拜，

夸我是社会学科少壮派。

乙：（白）是吗？

这么说，你也是年轻的学者？

甲：当然了！我仰知天文俯察地理，

哪位学者能与我比?!

什么易中天、余秋雨，

于丹更没什么了不起！

还有那个戴眼镜的迷了迷糊的纪连海儿，

到我这就是缺心眼儿。

别看他眼镜圈儿套圈儿，

没什么知识净闲篇儿。

见到我他准发怵，

这叫一物降一物。

我的学术报告，经典荟萃，

见解独道，耐人寻味。

彼此沟通，信息反馈，

天赋绝佳，令人敬佩。

重点课题，纵观社会，

　　左右方圆，能进能退。

　　深思苦想，整宿不睡，

　　晕头转向，又苦又累。

　　叱咤风云，新派一辈，

　　众望我名，卑人邢惠。

乙：（白）说这么热闹，

　　你到底是研究什么学科的？

甲：因为我不是一般人儿，

　　研究的课题是冷门儿。

　　宏观上看着有点偏，

　　微观上讲的很直观。

　　它涉及到人文科学各个领域，

　　与我们息息相关联系很紧密。

　　语言朴实接地气，

　　句句说的都精辟。

　　生活必备好工具，

　　学好了终身都受益！

乙：（白）能具体说说吗？

甲：具体说说也可以，

　　咱们俩人是知己。

　　这成果我只告诉你，

　　说白了就是如何请客会送礼！

乙：我说越听越不对，

　　吹半天你是教人去行贿？！

甲：你这人说话我不爱听，
　　送礼和行贿要分清。
　　请客送礼是国情，
　　不请不送怎么成。
　　饮食文化怎么传承？
　　市场经济怎么繁荣？
　　人际关系怎么摆平？
　　领导群众怎么包容？
　　礼尚往来见真情，
　　这才是中华美德和文明。
　　礼品高档不可低，
　　利国利民拉内需。
　　请客送礼是常态，
　　可别大惊又小怪。
　　祖上传了多少代，
　　不要把人想那么坏。

乙：你别越说越来劲，
　　说了半天是谬论。

甲：你"OUT"了，过时了，
　　脑子太死太直了。
　　别杠头，别较劲儿，
　　我不信你就不托人去办事儿？

乙：（白）我办什么事啊？

甲：给你大舅子包工程，
　　帮你小舅子出出名。

让你儿子去当兵，
　　叫你姑娘成明星。

乙：你别说，快打住，
　　咱俩走的不一路。
　　说破大天都没用，
　　我这人就不把礼送。

甲：谁送礼，谁实惠，
　　谁不送礼谁受罪。
　　甭管送礼对不对，
　　现在就是这个社会。
　　什么全用钱开道，
　　没钱办事瞎胡闹。
　　送礼送了这么多年，
　　这里有苦也有甜。
　　点头哈腰别嫌烦，
　　还得装着很可怜。
　　该说的说，该瞒的瞒，
　　这种滋味不好谈。
　　送礼可别讲尊严，
　　看不准，也挺悬，
　　送不对人就玩完。
　　有一点，很重要，
　　送礼一定要有道。

乙：（白）什么道？

甲：猫有猫道，狗有狗道，

送礼就怕人不要。

不收礼，就崴泥，

想办事没法跟人提。

事先一定找熟人儿，

什么七大姑八大姨儿。

拉关系，套套瓷儿，

摸准领导住哪门儿。

趁着天黑往里走，

掏出家伙就下手。

乙：（白）你要抢劫啊！

甲：（白）我抢劫干什么，送礼呀。

乙：（白）送礼干嘛还趁天黑？

甲：你这人脑子反应慢，

天黑别人看不见。

放心送，别犯傻，

要记住当官的不把送礼的打。

关键是，什么时送，怎么送？

送什么人家能高兴？

原则是，只能多，不能少，

只能大，不能小，

不能晚，不能早，

不能急，不能恼。

火候一定要把握好，

送礼可太有技巧了。

出手大方别心痛，

礼重更能显真情。

没有舍，哪有得？

没有车，哪有辙？

没有秤，哪有砣？

没有水，哪有河？

没有鼓，哪有锣？

没有龙，哪有蛇？

没有鬼，哪有魔？

没有法，哪有则？

没有拼，哪有搏？

没有抢，哪有夺？

没有死，哪有活？

没有旧社会，哪有新中国？

没有大肚汉，哪有弥陀佛？

乙：（白）什么乱七八糟的。

甲：其实一点都不乱，

只要送礼事好办。

乙：你说的这些都不对，

送礼就是在行贿。

你老送礼到处跑，

这样下去没你好。

甲：还是您有远见，

这次送礼彻底砸了。

乙：（白）怎么回事？

甲：我帮小舅子包工程，

招标前东找西找托人情。

和他先要十五万,

这事我出面替他办。

跑断了腿儿,托遍了人儿,

打听到定标领导家住哪门儿。

进了门一看抓了瞎,

领导开会没在家。

心想来了别白来,

干脆和他媳妇摊了牌。

他媳妇态度和蔼挺面善,

我把来意讲一遍。

我们聊得很不错,

趁热打铁上硬货。

乙:(白)什么硬货?

甲:说白了硬货就是钱,

当时就给十万元。

乙:(白)你不拿人十五万,那五万呢?

甲:我托人弄呛有多累,

那五万是我辛苦费。

乙:(白)那也太多了!

甲:钱多少就那么回事儿,

我俩从来不较劲儿。

关系好的吃喝不分,

钱上我从来不认真。

乙:(白)他倒挺大方,

那么多钱你怎么给呀?

甲： 现在送礼都不傻,

不拿现金都送卡。

又好拿,又方便,

给多少谁也看不见。

乙：（白）他媳妇要了吗?

甲： 他媳妇说死都不要,

净跟我来这假一套。

不收礼,净瞎掰,

哪人见钱眼不开?

我趁她那边接电话,

把卡压在台灯下。

然后装成没事人儿,

打声招呼溜出门儿。

出了门,赶快跑,

让她发现不得了。

送完钱,万事大吉,

工程拿下没问题。

乙：（白）他还挺有把握。

甲： 时间过了七天半,

怎么一点音讯都不见。

我坐在屋里正盘算,

来了张传票让我上法院。

乙：（白）有人告你啦?

甲：啊！告我的人能是谁？

　　到法院一看倒了霉。

　　就是我送卡的那个领导，

　　你要不收我不恼。

　　对我你别下狠招，

　　干嘛把卡给上交？

　　你交哪，那都行，

　　偏偏把卡交法庭。

　　法院已经立了案，

　　看来这事不好办。

　　调查取证真全面，

　　新账老账一块算。

　　事实核准就宣判，

　　行贿罪判两年半。

乙：（白）该！判你就对了。

甲：判多少年无所谓，

　　干嘛定个行贿罪？

　　我姓邢，叫邢惠，

　　名字不该受连累。

　　我有罪，名没罪。

　　判行贿罪就不对。

　　本来邢惠挺高贵，

　　如今变得很狼狈。

乙：（白）定罪和你名字没关系。

甲：我力争半天都没用，
　　法院还是定了性。
　　我认倒霉心里痛，
　　今后别想把礼送了。

乙：（白）还送那！

原载《曲艺》2012年第10期

（与王凯共同创作）

我有名了（数来宝）

乙：走上台，心激动，
　　咱俩演唱真高兴。
甲：您高兴我就陪您玩儿，
　　就当我没事哄小孩儿。
乙：（白）有这么老的小孩儿吗？
甲：（白）有，老小孩嘛！
乙：听话茬不想和我演，
　　怕我给你丢了脸。
甲：丢不丢脸无所谓，
　　主要跟您演太累。
　　今非昔比大不同，
　　因为现在我有名。
　　能来就是给您面儿，
　　说白了现在您没腕儿。
　　我老和您演在一块儿，
　　以后就甭想要高价儿。

我一出场十几万，

　　您倒贴人钱人不看。

　　这话听了别生气，

　　名人就是有效益。

　　不是我，和您牛，

　　我到哪粉丝全都熟。

　　我这帅小伙养眼球，

　　谁看您这糟老头？

乙：（白）谁糟老头呀，就没有人喜欢我？

甲：也有不少人喜欢把您瞧，

　　不是"粉丝"是"粉条"。

乙：（白）"粉条"，到我这成"粉条"啦。

甲：粉条可比粉丝厚，

　　对您崇拜爱不够。

　　人多的可也不得了，

　　追着您，到处跑。

　　喜欢跟您在一起，

　　一水的中年老妇女。

　　姑娘们的偶像周杰伦，

　　老妇女的偶像就是您。

乙：（白）别说了，我是老妇女偶像！

甲：我说话您别不爱听，

　　像您这样老头早该扔啦。

　　别再演，别再累了，

　　洗吧洗吧早点睡吧。

眼一闭，别睁眼，
您的后事我全管了。

乙：（白）我要死呀！
你这话说的真够呛，
意思是不想让我唱？
（白）不唱我干什么！

甲：我这不是心疼您，
不演做我的经纪人。
我天上飞着那叫忙，
有事您得替我扛。
别人想干我不要，
您老实巴交最可靠。
咱俩合作这么多年，
肥水不流外人田。
我这人可算有良心，
让您干就是想报恩。
您要跟我一块干，
保您准能把钱赚。

乙：能赚钱，是挺好，
这活我可能干不了。

甲：我说您能干准能干，
只要您按我的骗。

乙：（白）啊！骗？

甲：不……只要您按我说的办，
咱爷俩一块儿把钱赚。

经纪人要不怕累，

　　勇敢融入大社会。

　　抢占市场要大胆，

　　商演一定安排满。

　　大活小活全都揽，

　　说白了不让别人演。

　　人家饿死咱不管，

　　说话办事要委婉。

　　要价千万别心软，

　　赚钱别怕担风险。

　　演不成也别好心肠，

　　想办法把别人给搅黄。

　　要想在这圈儿内混，

　　豁出去六亲都不认。

乙：（白）你们这都什么人呢？

甲：我们这种人结成帮，

　　闯荡社会最吃香。

　　融入社会别认真，

　　千万别犯一根筋。

　　见风使舵脑子活，

　　圈里可有潜规则。

　　打着我的名随便干，

　　半年保我赚五千万。

　　不到这数你留神，

　　别怪我翻脸不认人。

乙：（白）你怎么这么大脾气呀！

甲：名人就是脾气大，

　　有脾气才能闯天下。

　　闯了天下就称霸，

　　称霸必须能打架。

　　赚钱什么也别怕，

　　豁出脸皮让人骂。

　　中国有名老俗话，

　　不挨骂就长不大。

乙：行啦，先别说，快打住，

　　我越听心里越发怵。

　　你要富，你就富，

　　咱俩走的不一路。

甲：一辈子受穷您还美，

　　不跟我干别后悔。

乙：不后悔，不眼馋，

　　你爱挣多少钱挣多少钱。

甲：别较劲，别抬杠，

　　有您没您一个样。

　　不想干，不强求，

　　我单打独斗更自由。

　　我到哪，哪都火，

　　好多晚会都找我。

　　电视台关系好的没的说，

　　是我节目全都播。

演什么，都不挑，
栏目我们名人包了。
没名没关系就没戏，
再好节目也上不去。

乙：（白）名人够霸道的。

甲：到哪儿演，都火爆，
只要把观众能搞笑。
敢瞎折腾敢胡闹，
我演什么全都要。

乙：（白）那也得演高雅的。

甲：现在演出不怕俗，
越俗观众越满足。
千万可别玩高雅，
谁玩高雅谁犯傻。
高雅艺术不挣钱，
艺术家混得多可怜。
名人赚钱不费劲儿，
一天能演好多地儿。
上台不就那么几句儿，
演出不就那么回事儿。
台上表情多轻松，
光张嘴来不出声。
音箱放出真好听，
台下观众真好蒙。
有句话我记得清，

观众傻子演员疯。

乙：（白）唉！假唱啊？

甲：假唱不止我一个，

　　歌星全都这样做。

　　听着看着效果好，

　　真唱谁能受得了！

乙：（白）过去演员全真唱。

甲：也不知是谁出幺蛾，

　　晚会上不让假唱多缺德！

乙：（白）什么叫缺德，就应该真唱。

甲：说实话要真唱我肝颤，

　　这么多年都没好好练。

　　过去全都对口形，

　　真唱嗓子我不灵。

乙：（白）你才知道啊！

甲：那天审查我上了台，

　　音乐一起脸直白。

　　又破音，又跑调，

　　和不上节奏心直跳。

　　伸着手，使劲晃，

　　名人可也怕真唱。

乙：（白）他倒说实话。

甲：导演可真不给面儿，

　　那歌我刚唱一半儿，

　　让我停住不让唱，

　　　　把我干得可够呛。

　　　　这歌肯定通不过，

　　　　不如趁早赶快撤。

　　　　心里郁闷直发愁，

　　　　下了台喝了几口二锅头。

　　　　人倒霉喝口凉水都塞牙，

　　　　没想到酒后开车撞警察。

乙：（白）撞的怎么样？

甲：撞的没有多大事儿，

　　　　就是差点断了气儿。

乙：（白）还不重呢。

甲：被撞的警察抬上救护车，

　　　　四周围的人很多。

　　　　七嘴八舌都说我，

　　　　名人撞人都特火，

　　　　加上我会说又能抹。

乙：（白）没处理你？

甲：把我押进了拘留所。

乙：（白）该！

原载《曲艺》2007年第7期

附录：

我的良师益友

——贺快板表演艺术家梁厚民从艺60周年

提起梁厚民，恐怕人们对他的名字已感陌生，但要说到快板书《奇袭白虎团》的演唱者，我想四五十岁往上的人都会记忆犹新、眼前一亮，有些人还能韵味十足地唱上几句："在一九五三年，美帝的和谈阴谋被揭穿……"那兴奋的样子，仿佛又回到了20世纪70年代的情景。

是什么原因能让一段快板书，通过电波传到千家万户，风靡全国，从此，到处都有快板的声音？就因为快板书《奇袭白虎团》是当时难得的精品力作。

随着时代的变迁，工作、生活节奏的加快，人们的兴趣爱好趋向多元化，审美观也在不断转变，再加上外来文化元素的涌入，快板逐渐失去了往日的辉煌。快板在主要受众媒体——电视上出现的机率减少了，偶尔有快板出现也不过是娱乐节目才艺比拼展示，同仁们虽努力举办几次快板大赛，却因媒体宣传力度不够、社会影响不大，没有引起人们对它应有的关注。从自身找原因，就是没有具备时代气息、响当当的快板精品出现。怎样才能出精品？梁厚民老师勇于艺术创新的精神及成功的经验，给我们以启迪，值得借鉴。

梁厚民老师自幼就喜欢艺术，吹过笛子，拉过二胡，具有很好的音准、乐感；他学过舞蹈，能用肢体语言去展现生活；他演过话剧，对人物刻画有所帮助；他唱过京剧、评剧，了解了什么是板眼和怎样行腔……总之，艺多不压身，勤奋好学让他摸索出适合自己的发声方法，是姊妹艺术的精华滋润着他，为他艺术再创造打下了良好基础。

20世纪60年代，受旧观念的影响，一般人家对孩子搞文艺有偏见，梁老师搞曲艺家里更是极力反对，但这丝毫改变不了他对快板的执著追求。他偷着自己做板，家长发现了给劈了好几次，劈了再做，而且越做越好、越做越精，他练出了做快板的好手艺。他喜欢快板，但是学习也没耽误，凭他当年高考成绩能上清华、北大，但由于种种原因却被北京矿业学院录取。在学校期间，他经常参加演出，是一个活跃的文艺积极分子。凭着自己的天赋，1963年他考入北京农村文化工作队，成为了一名文艺工作者，唱起了他喜欢的快板书。大学生唱快板，当时在曲艺界是很少的。他的加入，为曲艺注入了新的力量，为快板的发展带来了生机。新的观念，新的思想，加上他勤奋好学的创新精神，激励着他不断克服困难去摸索，经过艰辛的努力和不懈的坚持，他终于在艺术成功的道路上迈出可喜的一步。

我和梁厚民老师是相识多年的好朋友，他以"兄弟"称呼我，可以说，我俩是无话不说、无事不谈。我与他第一次见面是1962年看他表演快板书《劫刑车》，让人感觉耳目一新。他的表演，很有自己的特色。那时，他在台上演，我在台下看，我认识他，可他不认识我。真正与他相识是在十年后，我写了一段快板书，经朋友介绍请他给提意见。看完后，他毫无保留地谈了自己对作品的看法，并提出了具体修改的建议让我参考。他的诚恳、谦虚深深地打动了我，至今难忘。他像个有学问的知识分子，写出的作品更有新意。梁厚民老师的快板书代表作《奇袭白虎团》的成名，就证实了这一点。

　　一个人成名自有他成名的道理。如果当时看过梁厚民老师的快板书《奇袭白虎团》现场表演的人，体会更深。随着大幕拉开，舞台布满灯光，报幕员报节目，中等身材的他走上舞台，观众眼前一亮，一个精神、漂亮的帅小伙站在舞台正中央，他就是"想当年"的梁厚民。他身穿合体的绿色军便装，精细的油彩妆画在脸上，整齐的发型更显庄重、大方。随着悠扬的板声响起，加上身段的变化、激昂的情绪，使他的开场板因颇有新意而引人入胜，这是一种美的享受。随着故事的展开，书中严伟才排雷的情节给人的印象非常深刻，因为梁厚民老师设计排雷动作时要蹲下拧个旋子。蹲下身子再拧难度很大，但他认为剧情需要，必须要这样拧，而且他做得非常到位，为人物的塑造和烘托紧张气氛起到了很好的促进作用。可谁又知道，这一小小旋子里，包含着梁厚民老师多少的艰辛和心血？为保证台上一个旋子的成功，我多次看到他在演出前反复拧上十几个或更多，直至自己满意为止。可见他的功夫没少下，所以每次他打完旋子一亮相，观众都报以热烈的掌声。梁厚民老师不仅仅在打板、表演上有所创新，他在对声音的表现上亦有更高的追求，因此更多的观众是通过电台广播认识和喜欢他的。有付出才有回报，有这样一句话——"要想人前显贵，背后必定受罪"，讲的也就是这个道理。

　　再看梁厚民老师在北展剧场演出的快板书《井台批判会》。演到悲愤时运用他的慢板、散板……充满真情的朗诵独白，深深地打动了在场的每位观众，催人泪下，台下鸦雀无声，观众的情绪随演员而动，又因板式节奏的变化而变化，直至将节目推向高潮。如此大的剧场内，几千名观众竟能被台上一个演员和手中的七快板所调动，真是不可思议。这就是快板的魅力，更是好的快板书演员的功力所在。

快板书《西安事变》又是一个新的尝试。他大胆地将曲艺中的"倒口"技巧运用到快板书中，通过声音、语气、眼神及形体，将开国总理周恩来模仿得惟妙惟肖。为此，他听录音、看图片，做了大量的功课，成功地用快板形式塑造出了伟人的光辉形象，演出后反响强烈，又是一篇佳作。

梁老师是我的良师益友，在艺术上我很崇拜他，用现在的话叫"粉丝"，姑且简称"梁（凉）粉"吧。

梁厚民老师的人品我很敬佩。他为人随和、大度、儒雅。我俩曾经有过一段很愉快的合作。在唱对口快板时，梁老师让我逗哏，他站在我身边为我捧哏，展示出了他的人品和艺德。难怪有人跟我说："梁先生给谁捧过哏?! 能给你'挎刀'（曲艺术语），好大面子，你可算抄上了！"确实是这样，我俩一起创作、演出使我受益匪浅，艺术上有很大提高。他对艺术严谨的态度深深地影响着我。演出之前，梁老师常主动找我对词，就是特别熟的词也要对上一遍我俩才能上台去演，这已是他多年养成的好习惯。

记得有一次电视台要搞个庆"八一"建军节专题节目，请我去唱快板书《奇袭白虎团》，配上京剧画面用。这是梁老师的代表作，我应该当面征求梁老师的同意后再去录，可时间又挺紧，只好打电话征求他的意见。我知道这样做非常不礼貌，没想到梁老师不但没挑礼，反而非常高兴地说："这是好事，谁录都一样。"他让我在电话里打着板给他唱一遍，然后提出了一些要注意的小问题。让我大胆去录他的作品，这是很多人做不到的。

梁老师有一副跟了他四十多年、经过精心制作、大板和小板前后配有象牙装饰件、用得红光发亮的好板，每次演出都装在皮套里，由我替他拿着。有一次，我发现皮套里是副新板，就问："您怎么不用老板？"梁老师沉默片刻说："那老板不知让谁拿走啦。这说明，他看得起我梁厚民，喜欢我这板。"几句简短的话，说明梁老师就是这样的一个大好人。

愿好人一生平安，祝梁厚民老师的艺术永葆青春！

原载《曲艺》2010年第8期

快乐人生

什么才是人生最大的幸福和快乐？不同的人有不同的理解和回答。我个人认为，人生最大的幸福和快乐就是一辈子去做自己喜欢做的事。什么是我喜欢做的事呢？那就是能在《曲艺》杂志上刊登、舞台上表演自己创作的快板作品。快板，那明快的节奏、诙谐的唱词、悠扬的韵律、强劲的动感，深深地打动着我，并伴随我度过了快乐的时光。

回眸往事，50年前我是个刚上小学四年级的孩子。记得一天下午，同院六哥郝爱民在院内为街坊们唱了一段快板《逛灯》，大家听完又拍手又叫好，好不热闹。以前从收音机里听过快板，看真人表演那还是第一次。快板这么好听呢，我看愣啦！心想：我要会唱该多好哇！于是下决心练习。没板自己做，没人教自己练，怕街坊嫌吵到外院打。一天除上课、做功课、吃饭、睡觉外的其他时间，我都练打板，简直入了迷，光打板就练劈十几个，也算对得起付出的代价吧。就是通过这样的苦练，我掌握了基本打法和一些花板技法，但很不完整，如转板，只是会转，就是不会收，收点是怎么打出来的不知道。当时电视不普及，看不见真人打。可巧，一天报纸上登出天津曲艺团李润杰老师要在虎坊桥北京工人俱乐部演出的消息，我从家中拿了一元四角钱，从北京站走到虎坊桥买票进场。李老师一上台，我冲到台前趴在台边，目不转睛地盯着他打开场板，转板打完了，收点也看明白了，然后才放心地到座位上看李老师演出完快板书《火药枪》。别的节目没有去看，自己就想赶快回家，怕时间长了把刚才好不容易看明白的转板收点给忘掉。我一路走，一路嘴里不停念叨着，进门抄起板就转，转完就收，收了几回，会啦！太高兴了，真有点灵劲儿！第二天，父亲因我拿了一元四角钱看演出，打了我一巴掌（那钱可是全家一个星期买菜用的生活费啊）。当时，我不但没有哭，心里还非常高兴，花一元四角钱看了李老师的演出，又学会了转板的收点，虽然挨了一巴掌，但就一个字：值！

从此以后，我练快板的劲头更大了。久练就熟，熟能生巧。1964年，我凭着纯熟的花板及小段《油灯碗儿》，考上了中国人民解放军春雷文工团（原国防科委核试验基地文工团）。临走时，父亲对我说："你还是好好上学，我花钱培养你上大学。"我说："我要去文工团唱快板，您把上大学的钱给我吧。"父亲说："没有！"

就这样，带着对快板的喜爱和梦想，我光荣地穿上绿军装，成为一名部队文艺工作者。在京期间，我还有幸向高元钧、高凤山老师学习，并观摩了全军第四届文艺汇演，部队曲艺演员于连仲的相声《当兵》和朱光斗的数来宝《学雷锋》，热情真挚的部队风格给我留下深刻印象，这就是我理想中的新曲艺。怀着对新曲艺的向往和追求，我踏上了西去的列车，直奔新疆大漠深处。

1964年10月16日，在大西北戈壁滩上，我非常荣幸地观看了我国第一颗原子弹爆炸试验，并参加庆功演出。在戈壁滩演出是艰苦的，大家睡在帐篷里，在露天下演出。记得我和丁广泉演唱的是数来宝，当时战士们穿着皮大衣坐在地上，而我们穿着单军装演出，手冻僵了，嘴都不听使唤啦，但我们还是坚持全身心投入地表演完了自己的曲目。在战士们热烈的鼓掌声中，我们和战士们一起分享了这一艰苦环境中的光荣和幸福。正是这种长时间的艰苦演出，使我提高了业务水平、夯实了基本功。部队官兵需要和喜爱曲艺，我们的付出是值得的。下基层演出，身体受到核污染是不可避免的，头发变稀了，这是历史留下的记忆，也算是我为"两弹一星"作出的小小贡献吧。

70年代初，曲艺作品不多，快板更少。我苦于没词唱，可巧有位西藏军区文工团的朋友讲了个中印边界反击战的事，我很感兴趣，萌发了写作的念头。之后，根据当时美军侵略柬埔寨的事件，我大胆写了自己第一篇快板书《夜袭美军飞机场》，并亲自演唱，效果非常好。此文登在内部刊物上，由于内容涉及外事，有关方面拿不准，因此未能参加汇演，可很多快板演员要这个词演唱，使我颇受触动，深刻体会到：吃别人嚼过的馍不香，唱自己的东西欣慰。

快板书《奇袭白虎团》的出现掀起了曲艺新高潮，更激发了我的创作热情，我先后又写了《雪夜擒敌》《父子拦惊马》《一个纽扣》等段子。这样写着写着，写到后来没词了，不知怎么写，心中感到一片茫然。是《曲艺》杂志开阔了我的视野、提高了我的鉴赏力，也使我找到了差距和努力的方向，于是，我开始贪婪地阅读、琢磨《曲艺》杂志上的优秀作品，吸取众家之长，补自己之短。这样，一方面极大地激发了我的创作热情、丰富了我的写作知识，另一方面从中也积累了一些宝贵的经验。这样，几十年下来，《曲艺》杂志这个平台先后发表了我20多篇曲艺作品，如加上相关的曲艺文章，则超过了30篇。可以这样说，几十年来，《曲艺》杂志成了我的良师益友。

多年的写作实践，使我摸出个小窍门儿，那就是：骑车出词最快。外边空气新鲜，大脑清醒，心胸开阔，自然就能想出好词。有了词，我赶紧靠路边停下自行车，拿出小本迅速写上去。然后，骑上自行车继续往前走，还会有词不断出现，我的自行车也就不停地在骑、停的交换中变化着自己的节奏和状态……有一次，我从北京站骑到了五棵松，路上又想到了好词，就赶紧往回骑，进门谁也不能理，赶快往下写。一个段子就这样写了出来。故此，有的人说，我是"自行车作者"。我的这个做法不见得对所有人都适用，但我感觉，创作"就是这么个理儿"。

在演艺、写作道路上能结识梁厚民先生，实在是我的荣幸。共同的理念和表演风格把我们结合在一起，我们共同演出了《内当家》《谈古论今唱北京》《祸根》《幸福花开》等数来宝节目，我从中受益匪浅。值得一提的是，我们的《内当家》节目，参加了中国第二届曲艺节演出并获奖。

曲艺要传承，有一种认识要纠正。好像有嘴能说话、能逗，就能说相声、唱快板，这把曲艺看得也太简单了！往往越简单的东西也是越复杂的。搞曲艺是有条件的，不是所有人都能干这一行。我教学生首先要求形象要好、身材要好、说话要好听、悟性要强、要阳光，以改变人们对曲艺演员的偏见——"怪的多，帅的少"现象。像英国的大牛，前南斯拉夫的卡尔罗，中国的杨超、周偊等，都是我很好的学生。有这么好的学生，怎样把他们教好，对老师提出了更高的要求。老师要开明，有一定的文化素质，不保守，不守旧，真心实意地传授技艺，能接受新事物，把曲艺当成事业去做，这才无愧于"传承者"的称号，反之就会误人子弟。

在教学上，很多老师都在默默地耕耘，已培养出一些优秀学生活跃在舞台上，给人们带来欢笑，甚至影响到国外。2009年6月，应新加坡"新风相声协会""直落不兰雅民众俱乐部"及"拉丁马士民众俱乐部"的邀请，丁广泉和我及八名洋弟子赴新进行三场"四海之内皆笑声——笑的晚会"演出，当时的场面热烈火爆，演出后受到好评。

纵观国内曲艺的不景气现象，不能一味地怨观众。一个节目演了几十年，观众全会背了，还能笑吗？没有好节目奉献出来，观众不买账是对的。只有从自身找原因、静下心来做学问，不能低估观众。观众的文化水平、欣赏水平在提高，反倒是有些演员文化素质亟待提高，需要加倍学习，苦钻业务，创作出好的节目，这才是前辈与观众所期望的。

现在有些青年曲艺演员喜欢相声、快板，并以此为职业，他们给曲艺带来生机的同时也出现了让人们不解的现象：演出不负责任，词不熟就敢上台，拿观众对词，没效果就拿几个不雅的"包袱"去补，去迎合他们所谓"衣食父母"的白领小市民。有句话叫"艺高人胆大"，他们是胆大艺不高，有人说"混口饭吃"，他们倒是有饭吃啦，可把相声、快板给毁了。

我爱曲艺、爱相声，更爱快板，因为它给我带来快乐的心情和健康的身体。我要多写快板、多唱快板、多教学生演快板，让快板声声传天下，并与我相伴到永远！

原载《曲艺》2010年第5期

跳出快板演唱的误区

快板艺术是一种为观众喜闻乐见的曲艺形式，有着极其广泛的群众基础。20世纪五六十年代到七八十年代，快板在部队、工厂、农村等非常普及，深受人们的喜爱和欢迎。很多地方都能听到快板的声音，看到众多的演唱者。快板表演看着很简单，殊不知，往往看似很简单的事要想做好却是件复杂的事，快板就是如此。它远远不是人们想象中的那么容易，必须经过长期的甚至是终身的刻苦演练、努力学习。即便是一位好的快板演员，要想达到快板演唱的更高境界，也是要费很大功夫的。这就是快板迷人的魅力，更是无数快板人追求的目标。人人都能唱快板，但不是人人都能唱好快板。

快板艺术有着悠久的历史和深厚的文化底蕴，随着社会的发展，观众的审美需求不断提高，快板艺术也需与时俱进，不断传承和发展。快板艺术期待有识之士的关注和参与，从一个新的视角，以新的理念，站在更新的高度去认识、诠释快板艺术的魅力，并达成共识，努力探索研究快板艺术的发展趋向，开拓更大的空间。

唱快板首先要在"唱"上下功夫。唱是有条件的，必须要有一副好嗓子，更重要的是要经过科学的发声方法和语言的训练，语言流畅，声音清脆悦耳，做到声音和语言完美地结合。只有这样，才能更好地把所要表达的内容，通过演员的"唱"传达给观众，使之在欣赏快板艺术的风韵时感受到视听上的美，这才是快板艺术的经典之处。然而，快板表演的现状却有些不尽如人意！

记得一次朋友邀我看演出，一个快板节目让我联想很多。这个青年演员很阳光，板打得也很好，可张嘴一唱却令人很失望。"莎士比'哑'"嗓子，听起来费劲，憋得慌，非常不舒服。难怪身旁有个女孩问我："老师，怎么唱快板的声音全这么沙哑，不这样就不叫唱快板吗？"我无言答对，只能一笑了之。这个女孩的误解反映了一种现实存在的现象，应该引起大家的重视。从这事引发我想了很多，是这个青年演员天生嗓子就沙哑，还是因训练方法不当把嗓子喊坏了？如果天生嗓子不好，可以搞别的工作；要是训练方法出现偏差，就应引起老师的注意，及时调整、纠正，否则会误人子弟。用科学的发声方法训练、塑造曲艺演员的声音形象，是行之有效的。只有充分认识到这一点，快板表演才会有长足的发展。

在声音的训练和运用方面，很多的曲艺先辈们吸取了姐妹艺术的演唱风格，并结合自身曲种特色，逐渐找到了适合自己的演唱方法，形成了自己的演唱特色，值得我们学习和借鉴。如相声大师侯宝林先生悠扬悦耳的杂学唱；快板大王高凤山先生那明亮的嗓音，清脆犹如珠落玉盘的吐字；鼓曲名家骆玉笙（艺名小彩舞）先生那高昂、醇厚、婉转的唱腔；琴书泰斗关学曾先生那优美的行腔，颇见功底的吐字归音。他们以各具特色的音色演唱的经典作品时时回荡在我们的耳边，令人难忘。总结他们的成功之处，首先是天生有副好嗓子，再就是后天勤奋努力和极强的悟性。他们在长期的学习和演唱中不断总结经验，掌握了一套适合自身嗓音条件的科学发声方法，这才使他们永葆艺术青春，即使年过古稀还具有洪钟般的声音。他们的演唱艺术，是曲艺的瑰宝，曲艺人的骄傲；他们的演唱方法与技巧，更是后生们应该继承并发扬光大的。

谈到如何继承、怎样继承，首先要解决思想认识上的问题。要认清该继承什么，什么是不能继承的，取其精华，去其糟粕；要知其然更要知其所以然，只有这样继承才有成效，否则一事无成。

前些日子，我见到一个学了几年快板的小学生，原来声音很好，后来声音变沙哑了。我问他："你的声音怎么成这样了？"他告诉我："学李派学的。"还问我，他的嗓音像李派吗？这孩子在认识上存在误区，是对李派快板的曲解。

李润杰先生的声音确实有些沙哑，那是历史环境造成的，因为中华人民共和国成立前他是个乞讨要饭的穷苦艺人，靠卖艺为生，一天要演唱好多场，过度的劳累把嗓子喊哑了，那是生活所迫。如今的孩子不存在这个问题，声音就不该追求沙哑。然而，有些学生对李派艺术的认识产生了偏差，没有学到李派快板的真谛。李先生演唱时激情满怀，那磅礴的气势、唱打多变的风格、强劲的节奏、生动的语言以及对人物内心细腻的刻画，才是应该继承下来的。由此可见，盲目的继承是错误的，我们在学习快板表演之前，首先要提高对快板艺术的认识。

有的曲种在训练和表演时，对演员的声带冲击很大，很容易造成伤害，如何对声带进行必要的保护，对声带的韧性进行有效的锻炼，是迫切应该解决的问题。用科学的方法有针对性地训练极为重要。有句话说"身体是革命的本钱"，那好嗓子就是演员的本钱，愿美好的曲艺之声更加嘹亮。

原载《曲艺》2011 年第 7 期

清茶一杯，笑看浮生名利
竹板两片，参透人间平常心
——快板表演艺术家姚富山访谈

张　菁

前　言

访谈那天，恰逢奥运期间，因为怕堵车，我早到了十几分钟。当主任领着姚老师进门，这么一推门的刹那，我寻思：走错门儿了吧？要不就是弄错人了？这位看起来顶多四十出头、穿着一身品红色运动装、浑身洋溢着年轻活力的人，会是年已六十的姚富山老师？随着访谈的进行，我明白了，可不就得是姚老师这样嘛：没事儿哄自己、逗自己玩儿，别人骂自己也好、夸自己也好，只当那是过眼烟云——就茶玩儿！

结缘曲艺，说唱不息

我从小就喜欢曲艺，爱听，爱看，小时候那点儿零花钱、压岁钱，几乎全用在听曲艺上了。用现在的话来说，也算是"曲艺发烧友"了。我尤其喜欢快板，常去剧场、茶馆听，后来有了收音机，更是守着听。听多了，很多段子也就熟了，慢慢地开始模仿，还自制了一副竹板。算起来，我是十二岁那年受郝爱民的影响走上曲艺之路的。开始时，也没有非常正式地拜师，只是自学。后来参军随部队到了边疆，受到边疆民族艺术和部队文工团的曲艺文化和技艺的滋养。这些年来，我一直坚持一边演出一边创作，陆续在《曲艺》杂志上发表作品20多篇。我给自己定的目标是：每年保证有一篇作品立得住。这不，前几天《曲艺》杂志的编辑打电话，请我把稿件用电脑发过去，我跟她说："电脑我不灵，我把稿给你送去。光送去还不算，我还要当面给你唱一遍。曲艺是一种立体的艺术，光从文字上这么看，是建立不起全面印象的。我一说，加上语言、动作、表演，能让作品更直观地呈现。"去年，我送了《我要出名》这个作品，本来是个对口数来宝，后来改成对口快板，这部作品我比较满意，里头有句话，每逢有人夸我，我都跟自己说一遍：都说您是艺术家，这不是实的，是虚夸。

　　艺术创作来源于生活，要保持与生活、与最新的意识形态接触。我的意识还算比较新，我自己觉着跟年轻人也没什么代沟。这不，我平常穿着的就是颜色鲜亮的运动装，而且还坚持体育锻炼。奥运会前五年，我就写了《健身欢歌》这个作品，那是我的切身体会。这个作品表现的是奥运前夕，北京人民喜迎奥运、全民健身的热潮。公园晨练的人们，有练推手的，有踢毽儿的，有打球的——那都是我自己晨练时亲眼看到、亲身体会的！我把这样一种鲜活的体验，利用绕口令这种传统的方式表现出来，还是很有趣味和生活味的。在北大表演时，受到师生们的一致好评。遗憾的是，由于当时没有电视平台的支持，这个作品传播得并不是很广。

跨洋师生，学无止境

我收的学生不是很多，但收下的学生我都很满意。曲艺是一门传统的艺术，师徒间通常会超越彼此的身份、地位，甚至超越了血缘，有一种同根同缘、惺惺相惜的味道。有一次，我跟大牛（英籍）一起上《同乐五洲》节目（中央电视台），节目完了以后，大牛就找到我说："姚老师，我决心跟您学快板。"我跟大牛投缘，我很喜欢大牛这孩子。他学快板，有三个优势：第一，语言过关，中文很好；第二，声音好；第三，形象好。我们曲艺行里有句老话："不占一怪，就占一帅。"就是说，曲艺演员是要在舞台上表演的，要不你就长得很怪，表演生动，让人发笑；要不你就长得帅气，相貌堂堂，使人瞩目。大牛的形象很好，不光长得英俊，他身上还有一股很儒雅的气质，这来源于他自身深厚的文化积累，以及对中国文化无偏见的喜爱与追求。我跟大牛之间的交流很顺畅，没有学生老师间的隔阂，大牛也很坦诚，会的就是会，不会就说不会，从来不会因为怕错、怕没面子而有所隐瞒，这样我教得也就毫无保留。

教外国学生，说容易也不容易。我教学生之前，通常先给他们沏上茶，让他们感受到中国文化、茶文化，同时放松下心情来，像喝茶聊天儿似的，聊一些各自对曲艺的见解、爱好，这时人是最放松的，也是最容易亲近的，所以表达也是最真实的。外国学生没有我们中国人"端茶送客"的概念。我们老北京人都讲究去别人家做客时一般不喝茶，快告辞时才礼节性地喝一点茶，而外国学生就不同了，每回我刚沏上茶，他就先给你控干了，可能因为中国茶太好喝了，也可能外国孩子受的教育就让他到哪儿都那么实在。这种实在乍一看似乎不太懂规矩,可是时日长了,你就发现,实在的孩子不吃亏。他到哪儿都来真的,都真实地表达自己的意见和感受,使人第一时间得到他真实的反应,这也节省了很多不必要的猜测和反复,沟通起来更简单。我想这一点是东西方的差异。我在教学生的时候,不仅教他们怎么演,还教他们怎么写。我跟学生说,咱们同时写,谁写得好就演谁的。学生一听这个,创作热情高起来了,很快就写了出来。写《我要出名》的时候,就是大牛跟我同时写的,大牛的版本写得跟外国大片似的,天马行空!甭管可用性强不强,毕竟他观察过、思考过也动手写过了,这就比不写强。现代的曲艺行业对演员要求很高,又得能唱,又得能写,等于给演艺事业插上了两个翅膀。演,不算很难,而对写的要求就很高了,要有文化底蕴,要有生活,还要有好的语言组织能力。

几十年的曲艺生涯,我不仅在积累曲艺本身的功底,也在积累生活,积累身边每个人的一颦一笑……你积攒了这些,这些就是你的,你随时都可以拿来用,可以用在各处。我参加过2001年国际曲艺节、"大碗茶"2003年中外元宵节等活动,还经常参加中央电视台一些曲艺栏目的录制。不但演出,我还主持婚礼。我认为,在任何一个角色里,都要摆正自己的位置。唱快板,要活好;做主持,说出的话要有磁性,字正腔圆。最根本的,是要踏踏实实学一些基本功,要把最基本的立住。前几天,我听说前门大街近期要开街了,人家问我去不去,我说我不去。我不去光顾老字号,不是因为老字号不好,而是老字号的新传人不肯踏踏实实地潜下心来继承祖辈的传统,不肯吃苦受累地去学习老字号里不可替代、不能磨灭的独家绝活。没有这些,老字号还算什么老字号?各行各业都是相通的,要学到真本事,还不能让它束缚住了。站在一个坚实的基础上与时俱进，这才有我们曲艺曲种的不断发展，也才有曲艺人才的代代出新。同时，曲艺不仅简单地承载了娱乐大众的职责，它在给人带去幽默、带去欢笑的同时，也要发人深思，使人自省。前几年我创作了一个山东快书《我怎么了》，这个作品提出一个问题：有些北京人反感外地人，觉得某些外地人来北京不讲卫生，破坏北京的环境；外地人则说北京人傲慢、排外……所以，我在作品中说："北京要反思一下：我怎么了？外地人也要反思一下：我怎么了？"曲艺的魅力和担当即在此：不回避问题，更要发现问题、解决问题。

一杯淡茶，万千世界

说到茶，我心中很有感触。我母亲是旗人，旗人有喝茶的习惯，早起先喝一杯茶。我自小受母亲的影响，也爱茶。母亲虽是旗人，却没有一般旗人的毛病，她处世的哲学很朴素：你不干我干，你不吃我吃。心胸开阔了，与世无争，惹你生气烦恼的事自然也就少了。这么宝贵的生命，何必浪费在生气伤身上呢？还不如坐下来，云淡风清——喝杯茶。

可是现在有时间品茶、懂得品茶的人也不多了。茶跟可乐、雪碧可不一样，你得慢慢去品。现在的孩子喝饮料，图凉，图甜，图省事。茶，一闻，有香味，但是淡淡的，坐这十分钟才能闻着味——有人耐不住，早干别的去了。再者，茶有一种清苦味，有经历的人，有故事的人，会从中品出一种况味、一种阅历、一种无味之至味。而现代人则会嫌其苦涩、嫌其清淡，不愿花时间、花精力去体味茶中的真味和其中的美感，这是非常可惜的。

说起茶来，颇有一些趣事。我在新疆时，我们常喝一种茯砖茶。那时搞"四清"，生活很艰苦，一日三餐棒子面，菜就老三样：胡萝卜，土豆，白菜。所以那个砖茶一下肚，把肠子刮得很厉害，于是老跑厠所。就那样也爱喝，因为西北蔬菜很少，缺少维生素，而茶叶里富含维生素，而且西北地区寒冷，大雪天儿里一杯酽酽的砖茶下肚，别提多舒坦了！记得有一次在青海演出时，我们去藏民家参观，藏民招待我们喝酥油茶，我们一行几个人，坐在毡包里，语言也不通，就看一位老太太在马粪堆里扒，扒了半天扒出一只碗来，还挺自然地抓把马粪一抹，就倒上奶茶了。我们都看傻了，同行的几个人都不敢喝，我喝。不管怎么说，这是藏民原汁原味的生活，是真实的生活就值得体验。所以，我接过那碗茶，"咕咚咕咚"全灌下去了。可一出门，"哗"，我就吐了，那味道实在接受不了。这就是生活习惯不同导致生活感受的差异，而不是孰优孰劣的问题。

有喝茶习惯的人，久了也会像绿茶一样，有些淡然。我这人，活着不累，因为没有不切实际的目标。你对生活有过高期望，有不切实际的目标，如果实现不了，那肯定会失望，会有挫败感。所以我们要笑对人生，做出了应有的努力，然后就随它去。社会不能说很公平，也不能说不公平。有一个对联：你说行，你就行，不行也行；说不行，就不行，行也不行。在中国做任何事，不仅是事本身，更多掺杂的是人事、人情。你在哪一个利益团体、哪一个裙带关系中，往往决定了你的成败，而非你能力的多少和大小决定你的成败。郑板桥有一幅字写得好：难得糊涂。尽人事，听天命，别跟自己过不去。

现在的年轻人普遍存在浮躁情绪，干任何事都想一蹴而就。我写《我要出名》，就是讽刺这种倾向。有一次，有个年轻人问我："姚老师，我现在好好跟您学快板，有半年能学出来了吧？"我跟他说："我都学了五十年了，还没学出来呢！"所以我在作品中说：身材好学跳舞去，嗓子哑了去学流行歌曲。艺术，需要一些有思想高度的作品，表演，需要有沉淀、有功底的演员。现在打开电视，哪哪都是王宝强，不是说王宝强不好，而是我们对他的"成功"过度放大了、过度曝光了，这会形成一种不好的风气。如果都学王宝强，那电影学院别开了。毫不客气地说，当今社会个别的导向是畸形的导向，个别传媒是被利欲和浮躁所左右的畸形的传媒。在这种畸形的风气下，自会形成一些畸形的现象，比如一些人干什么不吆喝什么就出来了：唱京剧改唱通俗，唱评戏的演小品。长此以往，中国的艺术危矣！

结 语

采访最后，姚富山老师送给我一句他最喜欢的茶语：静胜燥，寒胜热，清静唯天下正。这是姚老师最喜饮的绿茶——竹叶青——包装上印着的。此语出自老子《道德经》，上句为：大巧若拙，大辩若讷。

有些真话，是简洁到恨不得不说的地步；有些真话，是真到说出来似有伤人的地步。然而，真实本身是平常的，就像那杯茶。

原载《曲艺》2008 年第 9 期

大岛的一天

2012年春节，人们都沉浸在欢乐的过节气氛中，"京城洋教头"、著名相声表演艺术家丁广泉先生和他的老搭档、快板表演艺术家姚富山先生及洋笑星大山，还有他的洋弟子庞博（美国）、莫凯（美国）、李牧（瑞士）、华家德（伊朗）等人组成的汉语演讲团，应美国夏威夷大学孔子学院邀请，于农历正月初五搭乘飞机，漂洋过海，飞抵有"太平洋上珍珠"美誉的世界著名旅游圣地——有着浓郁热带风情的夏威夷檀香山市。

在近十天的演出、讲座及观光交流中，除了充分体验到威基基海滩的蓝天白云、美丽的大海及沙滩的黄昏带给人们身心的享受外，更让大家感动的是，孔子学院为汉语推广和教育所作出的贡献以及师生们对汉语言文化的喜爱和渴望。首场龙年新春联欢会演出的成功就充分说明了这一点，演出的效果十分火爆。

最让我们开心又难忘的，还是任院长带我们乘飞机赴大岛为小学生们演出的那一天。孩子们见我们到来很兴奋，"你好！你好！……"不时在耳边响起。尽管他们只会说"你好""再见"等几句简单的汉语，但从他们那质朴的脸上可以看出对汉语的喜爱和求知。语言交流尽管有些障碍，可当快板声响起时，仿佛彼此之间心灵沟通的桥梁一下子被架起了。孩子竟随着快板那悦耳动听的声音和明快的节奏拍起手来，越拍越高兴，越高兴拍的速度就越快，搞得我们只能跟着孩子们的节奏演唱，气氛极其热烈。虽然被累得够呛，但我们心里非常高兴，有这么多孩子跟我们互动很难得。我们发现，孩子们对数字绕口令很感兴趣，于是丁广泉先生就改变原定方案，教起绕口令来；我和李牧用快板打节奏，"一二三，三二一，一二三四五六七，七六五四三二一……"的声音响彻教室。老师教得起劲，孩子们学得认真，真是快乐课堂。这是一种有趣的教学方法，得到了当地老师们的认可，他们都表示要把这种好的方法应用到教学中。孩子们更有兴趣，有几个走过来让我们教打快板，特别是有个女孩子，打起板来还真像回事。由于时间的关系，好多孩子没能打上快板都不想走，外国小孩儿都喜欢快板，看来快板走向世界有希望！

酷爱快板的瑞士小伙子李牧和美国小伙子庞博是一对活宝，他俩竹板腰中带，一路打起来。参观热带雨林公园时，见有棵树树干倾斜着，李牧飞身窜上树，唱起快板书《三打白骨精》。他说是想体会一下孙悟空的感觉。他模仿猴的动作，眨着眼睛，晃动着身子，操练起猴拳，一招一式十分传神。庞博也不示弱，把快板往腰上一插，跳过去抓住树干转而双腿夹住，反吊在树上，做猴子的敬礼动作，加上他满头的金色卷发，活像个长臂外国猿猴。只有华家德老实地站在树下，要不是因他太胖爬不上去，估计他也得上树去"趴架"了。这可乐的一幕，让任院长举起相机记录下来。路上李牧还兴奋地说："在树上，还真找到了孙悟空的感觉！"

清脆的板声回响在大岛上空，伴随我们前行。忽听远处传来阵阵琴声，我们随声音走过去，见一位身着博物馆工作服的青年小伙儿正在弹夏威夷吉它。琴并不大,声音却十分悦耳。李牧打着快板走过去要和他合奏,打了几下,合不上节拍,便让我和他一起打板儿。小伙子高兴地指着竹板问:"这是什么?"李牧说:"中国乐器。"小伙子点点头,让我们等一下,他转身进屋拿出一个相机,让庞博帮他录下来。三人演奏开始了,李牧用板打起节奏,我认真听着吉它的旋律起伏和变化打起了花板。变幻的花板技巧和清脆悦耳的声音引来了众人围观,这种中西乐器的合奏十分少见,吸引了大家好奇的目光。吉他激昂的旋律与竹板明快的节奏发出的美妙合声将乐曲推向高潮。当乐曲戛然结束的那一刻,四周响起热烈的掌声,我们三人拍手庆贺演奏成功,开怀大笑。如此幽默的配合竟能在夏威夷实现了,好开心!这也算中西文化融合的一次大胆的尝试吧。

大岛的一天让我们心情愉悦,终身难忘。夏威夷之行就像那里的蓝天白云、美丽的大海、沙滩的黄昏一样,永远印刻在我们的脑海中……

原载《曲艺》2012年第5期

谈谈我身边这一群说唱快板的外国人

改革开放以来，中外交流逐渐热络，越来越多的外国人来到中国，有的是找工作，有的是来旅游，还有的则是对中国文化抱有莫大的好奇心，想来"长长本事"。而有深厚历史底蕴的北京，就成了这些文化追求者的首选之地。

名胜古迹、风土人情、京味小吃、手工玩意儿……他们对什么都好奇，对什么都有兴趣。但操着一口洋文跟老北京们交流还是有些不便的，所以有的留学生们就开始学说北京话，想从字里行间更深入地了解北京。但咱们汉语讲究一个运用之妙存乎一心，"洞""穴""窟窿""眼儿"这类近义词就够劝退一帮外国人了，要从语法学起，一板一眼地学京腔京韵，那我估计，外国人在中国就不用干别的了。

有脑筋活络的留学生就把目光投向了曲艺——词句巧、接地气还有意思，哪有比这更好的语言学习工具呢？我的搭档、老战友丁广泉抓住这个契机开始教外国人说相声，也请我教他们学快板。快板受到留学生们的广泛欢迎，他们觉得这个曲种有节奏、有音乐感，很像"rap"，对快速掌握汉语大有帮助。实际上，他们通过学唱快板，在锻炼肢体的协调能力，逐步掌握行腔运气、以韵传情的诀窍的同时，确实也更好更快地学会了汉语。

前南斯拉夫的卡尔罗喜欢相声，更喜欢快板，算是我第一个"登堂入室"的洋弟子。通过多年的学习，他的快板水平在"零"基础上有了很大提高。在2000年11月举办的北京国际曲艺节上，我和他合作的《数来宝》参加了开幕式演出，效果非常好。随后又有斯里兰卡的阿努拉、英国的大牛、加拿大的安仁良、瑞士的李牧、美国的庞博、德国的柏仁睿、日本的小松洋大、埃及的高博毅、伊朗的穆森跟着我学过快板。

兴趣是最好的老师。在教这帮洋学生的过程中，我对这句话有了更深的体会。这些留学生喜欢中国语言，然后学快板，有了一定成绩后对中国语言和快板有了更浓厚的兴趣，又会更下功夫去钻研，这就形成了一种良性循环。也正是从他们这股劲头上，我看到了中国曲艺的魅力与磁性，以及进一步发展的可能性。

对有曲艺工作者和曲艺"教头"双重身份的我来说，洋学生能字正腔圆地唱快板，这快乐也是双份的。只要他们爱学，我这当老师的就要倾囊相授。往大了说，这是在传播中国的优秀传统文化；往小了说，能给自己带来一种送雏鸟飞上天空的欢喜。

我的这些洋学生里，着实有不少的"璞玉"——样貌好，声音条件也不错。比如英国徒弟大牛，他的形象好、声音好、风度好、语言学得也快，是我看好的学生。当下似乎存在一些对相声演员、快板演员的偏见，认为干这一行的声音好、能说唱就行，形象什么的无所谓："观众肚子里的欢喜虫还要什么长相呢？"而目前有些专门扮丑、无底线迎合观众的所谓"文艺工作者"，也在相当程度上助长了这种偏见。但我一直认为，说相声的、唱快板的在勤练功夫的同时也要注意形象，这是尊重自己，也是尊重观众。有着近乎全方位的好条件，再加上后天的勤奋努力，快板已经成为大牛的一种"气质"。2007年4月，央视《欢乐中国行》举办了特别节目——外国人才艺展演，在我的助演下，大牛获得了胜利，而在陆续担任央视国际频道《快乐中国——学汉语》《同乐五洲》《开心就好》等栏目或活动主持人时，他灵活的语言节奏、高水平的即兴发挥和与观众的高效互动中，都能看到快板的影子。我很为他取得的成绩而高兴。

教洋学生和教中国学生完全不一样。双方的语言不通，文化背景也不一样，要把这两道坎削平着实要花很大功夫。我的德国学生柏仁睿，是2007年德国《汉语桥》中文比赛一等奖获得者，刚和我接触就声称自己会唱快板，我还很惊喜，就让他即兴来一段，然后我就不知道他唱的到底是什么了。实话实说，当时柏仁睿的汉语水平还蛮过得去，但声调还是忽上忽下，发音还是歪七扭八。正常对话可能没有什么大问题，可要唱快板就比较要命了。如果外国人说相声时的声调一时不太准，带点外国味慢慢去说，观众还能凑合听明白。可快板不行啊，这句囫囵过去，观众还在那里琢磨什么意思呢，一抬头："嘿，这外国人都唱完了，他唱的什么来着？"——这"包袱"倒是浑然天成，没什么斧凿的痕迹。

为了避免自己的快板表演变成"包袱"，柏仁睿上了心，没事就追着我给他上课。难得他有这份心，这我得用心教啊。没成想，这可是包揽了一个"大工程"。

首先，他对很多汉语词义不理解，对一些和书面语不同的俗语就更不理解了。偏生他这人又很犟，一个词不明白，就刨根问底老半天，"为什么"一个接一个，有时候我都奇怪他这"为什么"怎么这么多。后来他学会了使用中国的网络搜索引擎，就又把"为什么"分出一半给了手机和电脑，好歹给我这人脑减轻了些压力。可在节目排练中，可能是德国人"一根筋"的民族性使然，我俩的意见经常不能统一，他对自己的唱法有一股迷之自信。最后争执不下，我俩只能先 PK 一番，得出一个正确结论。总而言之就是一句话，教外国学生得有耐心，不能光讲玄而又玄的大道理，然后跟他们说"你们自己领悟"——本国学生有时候都悟不出来，外国学生怎么悟？他不会，我就要一字一字教，一句一句唱，还得嘱咐他们做好"笔记"，该录音的录音，该注明的注明，再回家自己练，下次回课时再细细地答疑解惑。

柏仁睿很"轴"，肯下功夫练快板。在工作之外，他最主要的任务就是练快板。经过不懈努力，他的快板功夫现在已经比较可观了。2016 年，他获得"京津冀快板邀请赛"一等奖；2017 年参加"全国曲艺相声新作展演"，获得优秀节目奖，同年参加了在天津举办的第三届"和平杯"曲艺票友邀请赛；2018 年还登上央视《一路欢笑》春节特别节目表演快板；2019 年央视国际频道《外国人在中国》栏目专门为他录制了"快板趣事"。

近几年，柏仁睿堪称北方曲坛的一朵"红花"，而我这当老师的就得时刻做好"绿叶"。他演好了观众都会夸"这老外可真不含糊"，可万一演砸了观众可能谁就会说——"这老外汉语能说到这份上不容易，要有个好师父估计还能再进一步"。所以和他搭档上台，我总要拿出百分之二百的精神，时刻关注他的表演情绪和节奏，发现不对及时暗示引导。这么一场下来，可比自己"单飞"或者和中国人搭档累多了。但还是那句话，教出一个好学生的成就感是无法言喻的，尤其是这个学生还能自觉致力于快板的推广。在 2014 年至 2019

年间，柏仁睿在北大欧洲中国研究合作中心为外国留学生讲课，重点介绍中国快板。2019年被该中心聘为"外国快板专家"后，他还成立了个德国人快板团，专门教他的德国同胞唱快板。同年，他还成为了中国曲协海外荣誉会员。

美国学生庞博和加拿大学生安仁良也是快板的"铁粉"，虽然这两人都已各回本国，但还是有时间就打板，有机会就演出，他们还尝试着做视频，用英语介绍、教授快板，据说还真有不少外国人学。他们都为中国快板走出国门做了不少宣传和普及工作，我们应该感谢他们的贡献。

瑞士徒弟李牧非常勤奋，在前几年他一天能练三个多小时的板，所以板打得很熟，花板不错，理解能力也强。现在自己有了事业，打快板的时间少了，但只要有时间他就打板。2018年，我俩还参加了"第十届北京快板邀请赛暨2018京津冀快板邀请赛"决赛，由于时间紧迫，他在飞机上背词，最后获得了二等奖，也是不错的成绩。

我的洋学生中汉语说得最好的，是日本的小松洋大。他的"京片子"那叫一个地道，再加上一幅东亚人的面孔，基本看不出什么"洋模样"。有人说，这在中国找个女朋友肯定方便，可上台演出有点"吃亏"——观众看到上来个"中国人"，要求就严了：这演得好是应该的！

要带好洋学生，认真传授他们快板的表演技巧是一方面，给他们量体裁衣、打造好作品也是一方面。经年累月相处下来，我对他们的特质有足够的了解，这"裁缝"的活计我自然也就一肩担起。这其实挺辛苦。为了给他们打造作品，我在认真观察他们的工作生活之外，自身也在不断地学习新事物、研究新课题，及时给自己充电，倒逼我自身的艺术修养不断提高，这也算另一重意义上的教学相长吧。

  2018年,我将英国的大牛、瑞士的李牧、德国的柏仁睿、日本的小松洋大4个外国徒弟和8个中国学生正式收入门下。我希望他们能齐心协力,将快板唱到世界,用曲艺精美的语言和动人的曲调,讲好中国故事,让中国曲艺绽放出更加鲜艳的花朵。

原载《曲艺》2020年第7期

后　记

　　1960年，我受同院六哥、著名相声表演艺术家、全国相声"十大笑星"郝爱民的影响喜欢上了快板，每天除了上学、做功课、吃饭、睡觉以外，几乎至少有两三个小时在练习打板。当时没有老师教，只能靠自学。我凭着自己的悟性和用心琢磨，经过刻苦练习，终于练出了一套纯熟的花板技艺。凭着花板和一小段《油灯碗儿》，我于1964年考上了中国人民解放军原国防科委春雷文工团，终于圆了自己的快板梦。于是，我穿上军装，踏上西去列车奔赴新疆，开始了曲艺生涯。

　　在团里，我和搭档、相声演员丁广泉一起表演快板和相声，为战士们演出。在不断的实践中，我认真学习、总结，找出不足，刻苦钻研，不仅扩展了视野、提高了表演水平，对快板艺术也有了进一步的感悟和认识。20世纪70年代初，由于快板段子很少，我开始创作快板曲目并自己演出。由于大家的反映不错，激发了我对快板创作的热情，于是，30多年来，我先后创作了近30篇快板作品，得到《曲艺》杂志编辑部老师们的认可并予发表。

　　另外，数来宝《内当家》《我要出名》、快板《人间彩虹》、快板书《夜袭机场》、快板小段《起名》等作品，为与时代同步，更为了适宜于外国人表演，我在作品发表后进行了适当修改。本书收录在内的，就是我修改后的作品。为了反映我从艺的思考和感情，本书还收录了我在《曲艺》杂志上发表的曲艺作品之外的6篇文章。最后，我听从朋友们的建议，与著名快板书表演艺术家梁厚民表演《幸福花开》、用快板形式为春晚解说、在夏威夷中西乐器合璧，制作了二维码，便于读者进一步直观地了解。

书中部分作品，是我与快板书表演艺术家梁厚民老师、何宝宽会长、好友李继承等人共同创作的成果，现在一并出版，向他们致以真挚的敬意！

此书得以问世，是朋友们热心帮衬的结果，特别是北京观赏石协会会长、著名收藏家何宝宽先生予以鼎力资助，可以这样说，没有他的资助，这本书不会这么容易出版。这一善举更显出他对中国传统文化艺术的真热情，尤其是对快板艺术的真感情。他喜欢快板，是我的学生。平时工作再忙，他都要抽出时间来打一会儿快板，既练功夫，也琢磨技巧、玩味演出后的感受、体会创作中的诸多元素。书中有的作品，就是我俩一起创作完成的。我为有这样的学生而高兴，特将自己用了50多年的老板儿赠给他收藏，这也算是我俩的师生情吧。

我的师父、"中国文联终身成就曲艺艺术家"陈涌泉先生，将近90高龄时欣然写下情真意切的前言。原文化部常务副部长、书法家高占祥先生，86岁高龄时欣然为本书题写书名。原中央人民广播电台高级编辑、曲艺作家、文艺评论家、国家级非物质文化遗产保护专家，现为中国传统文化促进会文脉艺术委员会名誉主任陈连升先生，82岁高龄时也欣然为本书作序。本书策划人和特约编辑是我30

多年的好友，书法、摄影家赵忠祥先生。在此，我对诸位先生表示真挚的谢意！

姚富山

2022 年初春于北京

与著名快板书表演艺术家梁厚民表演《幸福花开》

用快板形式为春晚解说

在夏威夷中西乐器合璧